COLLECTION Gerhard Roths *Dorfchronik* ist gewisserma-
S.FISCHER ßen eine ›Engführung‹ seines großen Werkes
Landläufiger Tod.

In der Nacht ist die Sonntagsorganistin gestorben. »Mit zittrigen Fingern schabt Dominik, der Leichenbestatter, Rasierschaum von seinem blutenden Gesicht. Er fühlt sich von den
Kühen verfolgt, die ihn die Nacht über geschleckt haben wie
einen Klumpen Salz. ›Verdammt‹, flüstert er, wenn er sich in
die Wange schneidet. Er hat es eilig, den Sarg zu liefern für
die Sonntagsorganistin, die sich in eine bessere Welt begeben
hat.«

Die Schwester der Toten bemüht sich, etwas zu empfinden.
Wie aber reagieren die anderen Bewohner, die alle zu diesem
Dorf gehören, dennoch jeweils ihre besondere Beziehung zu
dieser Frau und untereinander haben, auf die allmählich sich
ausbreitende Nachricht dieses Todes? Was machen der Pfarrer, der Wirt und der Landarzt, die Kaufhausfrau, der Witwer Ranz und der alte Mautner, der Schlachtergeselle, der
im Bach erfrorene Stölzl, der Gendarm Oskar, die Gärtnerin, Juliane und der Postbeamte, das Kind Ludmilla und
Kolomann mit seiner großen Ratte, der Schneider und H. in
seinen Frauenkleidern, was machen die Katze, die Fliegen
und die Vögel auf dem Friedhof . . .?

In exakten Momentaufnahmen und glänzenden Miniaturen
erzählt Gerhard Roth ihre Geschichten vom Morgen, Mit-
tag und Nachmittag, vom Abend, an dem sich fast das ganze
Dorf im Haus der Toten trifft, und von der Nacht, in der
sich das Tagesgeschehen in ihren Träumen fortsetzt. Und so
entwirft er die imaginäre Chronik dieses Dorfes, das auf
einen Tag konzentriert ineinander verwobene Leben vieler
Einzelner.

Gerhard Roth

Dorfchronik
zum ›Landläufigen Tod‹

S. Fischer

**COLLECTION
S.FISCHER**

Herausgegeben von
Thomas Beckermann

PT
2678
.0796
D6
1984

Band 40
© 1984 S. Fischer Verlag GmbH, Frankfurt am Main
Originalausgabe:
Veröffentlicht im Fischer Taschenbuch Verlag GmbH,
Frankfurt am Main, September 1984
Umschlagzeichnung: Günter Brus
Gesamtherstellung: Wagner GmbH, Nördlingen
Printed in Germany 1984
1280-ISBN-3-596-22340-7

Dorfchronik
zum ›Landläufigen Tod‹

Morgen

1. Die rote Madonna auf dem Orchestrion des Heimatmuseums, schauerlich restauriert vom Bestatter, spricht in die Dunkelheit: muh, muh. Ihr Herz ist aus gefaltetem Papier, das gelbe Kind im Arm singt lautlos phosphoriszierende Noten, die sich in der Luft auflösen, wie Wolkengebilde. Der Lehrer starrt auf das Spiegelbild der Erde, das hyazinthenfarben am Himmel erschienen ist, er sieht den Kontinent Asien, die chinesische Mauer. Nur der Pfarrer träumt nicht. Erschöpft vom Anblick der Engel und Heiligen hat sein Geist den Körper verlassen, um im Gefieder der Hühner zu schlafen. Muh, muh, ruft die rote Madonna, wer melkt meine Milch.

2. Es ist Tag. Mit zittrigen Fingern schabt Dominik, der Leichenbestatter, Rasierschaum von seinem blutenden Gesicht. Er fühlt sich von den Kühen verfolgt, die ihn die Nacht über geschleckt haben, wie einen Klumpen Salz. »Verdammt«, flüstert er, wenn er sich in die Wange schneidet. Er hat es eilig, den Sarg zu liefern für die Sonntagsorganistin, die sich in eine bessere Welt begeben hat.

3. Der Kirchenwirt träumt indes, daß das Meer das Festland überschwemmt und Tintenfische mit sich führt, die ihn aus gold-schwarzen Augen anglotzen. Erschrocken sieht er Saurier zwischen den Hügeln vor dem Gasthaus. Sie fressen das

Laub der Kirschbäume und wuchernde Schachtelhalme, in denen Riesenlibellen hocken.

4. Eins, zwei, drei, vier, fünf, sechs zählt die Kaufhausfrau die Tee-Eier in den Regalen. Eins, zwei, drei, vier die Flaschen mit Himbeersaft. Siebzehn, achtzehn, neunzehn die Bierkisten. Ihr Schneefink zupft im Käfig an einem Stück Lunge vom Hausschwein.

5. Und Milch friert in silbern gestrichenen Kannen und versteinerte Insekten regen sich in Felsbrocken und Veilchen lecken Schneewasser und das Feuer erwacht mit knackenden Gelenken.

6. »Wie spät ist es?«, fragte der Witwer Ranz das Muster aus grünen Blättern auf der Wand. Die Wand denkt nach. »Es ist noch nicht spät«, sagt der Witwer, ohne auf eine Antwort zu warten. Er stellt sich nackte Frauen vor, die auf rotsamtenen Sofas ihre Beine öffnen. Als er die Augen schließt, kriechen Eidechsen, den Radetzkymarsch pfeifend, aus dem Nabel der Frauen.

7. Der Schlachtergeselle singt:
   Farbecht ist die Farbe der Katze
   Farbecht ist die Farbe des Hundes
   Farbecht ist die Farbe des Rindes
   Farbecht ist die Farbe der Natur

8. Seufzend spannt der Jäger das Iltisfell zum Trocknen auf. In seinem Haar hängen Eiszapfen, er kennt die Sprache der Elstern und Kuckucke, die Pfotenspuren von Tieren, die

Trittsiegel und Vogelläufe sowie die Formen des Gewölles und der Losungen.

9. Und Stölzl, der im Bach erfroren ist? »Werde ich zum Marder, so soll es mir recht sein«, sagt er in seinem Grab, »oder zu einem Igel. Wenn es sein muß, will ich auch ein Maulwurf werden.« Mit einem beiläufigen Gedanken läßt er den Blumentopf in der Küche vor den Füßen seiner Frau zerschellen, damit sie an ihn denkt.

10. Im Haus der Gärtnerin duftet es nach Zimt und Rosinen. In ihrem Kasten hängt das seidene Brautkleid, das für die Motten nach Honig schmeckt. Darüber liegen die Hüte mit bunten Bändern und künstlichen Früchten. Unermüdlich rattert die Nähmaschine unter den sanften Tritten der Tochter.

11. Währenddessen macht sich die Frau des Feuerwehrhauptmannes auf den Weg zur Hühnerfabrik. Dort schlachtet sie das Federvieh oder besprüht es mit heißem Wasser oder rupft seine Federn. Der bärtige Feuerwehrmann starrt auf die Eisblumen der Fensterscheiben.

12. Schnaufend verzieht sich der Gendarm Oskar in die Tenne. Er muß die Rolltür hinter sich schließen. Im Halbdunkel hockt er im Heu und hebt an, der Baßtuba eine getragene Melodie zu entlocken. Bub-baaaab, bub-baab. Was gilt ein Gendarm schon zu Hause? Nun beginnen die Tauben auf dem Dach zu gurren; je heftiger der Gendarm bläst, um so lauter gurren die Tauben. Ja, wenn er die Ziehharmonika zu spielen verstünde! Oder das Hackbrett! So

aber glauben die Vögel, ein Schiff tute und steche in See; sie warten gespannt darauf, abzulegen.

13. Wenn er will, kann der Gehilfe des Bestatters in die Köpfe von Tieren und Menschen schauen. Was sieht er hinter der Stirn des Hofhundes? Was im Schädel der Katze? Was in den Köpfen der Frösche, wenn er im Sommer am Teich sitzt? Im Schlaf erkennt er die Wünsche der Dorfbewohner. Oft erwacht er schreiend und stürzt aus dem Haus. Auch durch Wände kann er sehen, in Zimmer und Ställe. Seine Liddeckel sind halb geschlossen. Er steckt den Laugenstein ein, den er im Vorraum auf der Fensterbank findet und reicht ihn dem Bestatter.

14. Jetzt ist es Zeit für die Nüsse. Seit zwei Wochen schoppt Juliane ihre Truthähne. »Heh, glatzköpfige Großväter«, ruft sie in den Geflügelstall, »nehmt Platz, damit ich euch die Eingeweide vollstopfen kann.« Erschrocken stieben die Truthähne auf. Seit sie die Nüsse schlucken, haben sie angefangen zu träumen.

15. Es summt leise in den Bienenkörben. Der Postbeamte hat ein hölzernes Stethoskop, mit dem er nach Geräuschen fahndet. Er fürchtet sich, einem Doppelgänger zu begegnen, den man schließlich mit ihm verwechseln würde. (Auch hat er Angst vor spitzen Gegenständen, vor Küchenmessern, Papierscheren und Angelhaken.) Als er sich abwendet, um in das Haus zurückzukehren, steht er tatsächlich vor sich selbst.

16. Der Lehrling S. jedoch muß immerzu daran denken, wie die Brüste der Frauen aussehen, denen er begegnet. In Gedanken entkleidet er sie und tut ihnen Gewalt an. Er liebt die Frau des Fleischers und wirft ihr im Winter Schneebälle mit Zetteln, auf denen er rot sein Herz gezeichnet hat, durch das Fenster. Der süße Geruch von geschlachteten Tieren weht aus der dunklen Halle.

17. Indessen hackt der Entmündigte im Sägewerk Holz. Mit einem wuchtigen Hieb verfehlt er das Scheit und sieht erschrocken seinen abgetrennten Daumen auf dem Hackstock.

18. Die erste Elster: Der Totengräber ist voll wie eine Haubitze.
Die zweite Elster: Wer hat ihm die tote Ratte in die Tasche gesteckt?
Die erste Elster: Aber er läßt seine Zunge heraushängen wie ein Köter.
Die zweite Elster: Ich sehe schon den Lichtschein der Engel um ihn.
Die erste Elster: Wird in der Hölle schmoren.
Die zweite Elster: Wenn er sich nicht auf die Schaufel stützte, würde er im Straßengraben liegen.
Die erste Elster: He, Alter, schwimmst schön dahin in deinem Dusel!
Der Totengräber: Haut ab! Verschwindet!

19. Karl stellt sich vor, wie er den Bäcker tötet. Er sieht sich mit der Flinte hinter dem Schweinestall, während sein Widersacher mit dem Lieferwagen in den Hof gefahren

kommt. Sobald er die Türen öffnet, um die duftenden Brote und Kuchen anzubieten, will Karl ihm von hinten eine Ladung Schrot in den Kopf jagen.

20. Beim Warten auf den Schulbus hört Maria fremde Stimmen.
»Schnecke, Du träger Dampfer
Was tust Du mit Deinem Gehäuse
Oder ist es ein Pavillon?
Bewegungslos wie ein Honigkuchenpferd
Stimmst Du Deinen Klagegesang an
Im Schatten des Löwenzahns.«

21. Wenn der Bürgermeister ein heißes Bad nimmt, stellen sich beim Eintauchen in das dampfende Wasser seine Körperhaare auf. Sein Gesicht ist aufgedunsen, und ein dichtes Geflimmer heller Lichttropfen zerplatzt auf seinen Augen. Er schließt die Lider, und die Lichtpartikel pulsieren durch sein Gehirn.

22. Der Landarzt hat schlecht geschlafen. Das Haus war voller Tiergeräusche: Einmal klang es, als sei ein Iltis die Wände hochgehuscht, unter der Holzdecke weitergekrochen und dann wieder durch ein endlos verzweigtes Netz von Gängen in der Mauer auf die andere Zimmerseite geschossen, dann wiederum vermeinte er das Krachen von Holz unter den Zähnen einer Ratte zu hören, später das Geflatter von Flügeln vor der Tür. Er sieht die sternenförmigen Negrischen Körper des Tollwutvirus unter seinem Mikroskop aufleuchten. (Neben ihm liegt der sezierte Fuchskopf auf einem Stück Zeitungspapier.) Müde streift er die

Gummihandschuhe ab und hängt die Schürze über die Stuhllehne.

23. Der alte Bergmann aber hockt zwischen Haufen von Maiskolben auf dem Dachboden und wirft die Körner in den Trichter der Mahlmaschine. In seiner Küche hat er in gläsernen Vitrinen die Abdrücke von Pflanzen in Kohlenbrocken ausgestellt. Er läßt sich nicht ausreden, daß das Gestein gestocktes Drachenblut ist und sucht im aufgelassenen Stollen nach Spuren des Ungeheuers. Zischend atmet er die Luft aus und ein.

24. »Wann wird es Frühling?«, denkt die alte Frau. Der Winter schmerzt in den Gliedern. Sie weiß nicht mehr, ob es stimmt, was sie denkt, ob es Vergangenheit war oder sich jemals ereignete: Steht nicht im Stall ein rotes Pferd, das mit Buchstaben beschriftet ist? Sitzen nicht zwei Glatzköpfige in farbigen Flickenmänteln vor der Tür und beten? Hockte nicht vorhin der Hahn mit aufgerichtetem Kamm und schwerbaumelnden Kinnlappen auf der Fensterbank und starrte sie an? Im Bett liegend hört sie die Kinderstimmen aus der Küche.

25. Oben, im Schloß, in einem Saal, durch dessen optische Einrichtung (eine Kombination von Linsen und Spiegeln) es dem General möglich ist, mit einem Blick die ehemaligen Güter zu erfassen (Äcker, Wiesen, Wälder, Obstgärten, Ställe, Gehöfte): Der 107-Jährige sitzt auf dem knarrenden Drehstuhl. Nichts mehr von dem, was er durch das Fernrohr sieht, gehört ihm. Aus Gewohnheit schaut er zum Friedhof hinunter, um die Meisen, Dompfaffen,

Goldamseln, Hühnerhabichte und Saatkrähen zu beobachten.

26. Der Landwirt S. läßt sich nichts von seinen freudigen Gefühlen anmerken, seit dem frühesten Morgen jedoch ist er verwirrt. Miauen die Kinder? Knurrt das Fensterglas? Klappern die spärlich fallenden Schneeflocken? Redet die Küchenuhr? Alles verschmilzt in seinem Kopf, denn seine Gedanken sind nur bei der Toten und ihren Papieren in der von einem Spitzendeckchen verzierten Kommode.

27. Die Schwester der Toten bemüht sich seit geraumer Zeit, einen Gedanken zu fassen oder ein Gefühl zu empfinden. An der Wand hängt ein gerahmtes Bild (Jesus mit brennendem Herzen) sowie die braunstichige Hochzeitsfotografie der Eltern. Sie betrachtet ihre Hände (die ihr nichts sagen). Die Tür zum Schlafzimmer der Schwester ist geschlossen. Dort stehen die Schuhe aufgereiht in Regalen. Schlaff hängen die Kleider im Kasten. Und doch scheint alles plötzlich eine geheimnisvolle Bedeutung zu haben: ... die grünen Blätter auf der Porzellanschüssel, aus der es nach der sauren Flüssigkeit riecht ... ein Wattebausch mit Jod ... die angebrochene Flasche Wein, den der Pfarrer nur aus Höflichkeit getrunken hat ...

28. »Ein blauer Frosch, der fliegt«, denkt der stumme Sohn des Bienenzüchters, »ist der anbrechende Morgen. Ein riesiger Frosch, der sich in eine Wolke verwandelt und sogleich das nächtliche Quaken der Gegenstände bis zum Einbruch der Dunkelheit verstummen läßt.«

29. Josefine steht vor dem blankgescheuerten Küchentisch. Auf einem Tuch die Hinterläufe und der Rücken eines Hasen, Wurzelwerk, Zwiebel, Pfeffer- und andere Gewürzkörner, Nelken, ein Lorbeerblatt, Apfelessig, ein Stück Papier mit Schweinefett, eine emaillierte Schale mit saurem Rahm und ein Holzlöffel, gestrichen voll mit Mehl. Wenn sie die Ingredienzien mit Wasser zu einer Beize aufgekocht hat, wird sie diese über den abgehäuteten Hasen gießen und alles bis morgen stehenlassen. An einem Zucken und Stoßen in ihrem Bauch spürt sie, daß das Lebewesen sich bewegt.

30. Louise aber, die aus dem Stall kommt, fühlt sich krank. Ihr Nacken schmerzt, sobald sie die Muskel anspannt und den Kopf nach hinten neigt. Jeder neue Schmerz, den sie empfindet, läßt sie ihr Dasein erträglicher erscheinen: Ist das Muster in den Vorhängen auf einmal nicht fein gewebt? Die roten Blumen auf der Bonbonschachtel, in der sie Zwirn, Garn und Nadel aufbewahrt, scheinen zu blühen, die Sprünge in der weißen Tür nehmen sie in Schutz.

31. Schon mit dem ersten Tageslicht hat die Köchin des Pfarrers ihr Bett verlassen, um die Asche aus dem Ofen zu kehren, Späne zu machen, einzuheizen und Wasser aufzustellen. Bei der Nachricht vom Tod der Sonntagsorganistin ist Angst in ihr aufgestiegen (ein bekanntes Grauen vor dem Sterben). Der Widerwillen gegen die Verpflichtung, abends das Haus der Verstorbenen zu besuchen, läßt sie sich den Augenblick vorstellen, wenn sie das Aufbahrungszimmer betritt. Wie immer jedoch wird sie ihren Ekel hinunterwürgen. Zur Abwehr böser Einflüsse wird sie ihr Goldkettchen mit Amulettanhängern aus Koralle um den Hals tragen, die

einen Fisch, ein buckliges Männchen, einen Fuchs, ein Messer, einen Schuh, ein Herz, eine Kanne, eine Feige, eine Hand mit Dolch und einen Hund darstellen.

32. Nachdenklich steht der Zirkusdirektor vor dem kleinen Fenster des Wohnwagens. In einer Kiste liegen die Panzer von Riesenschildkröten, die im Winter verendet sind. Er grübelt über ein noch nie dagewesenes Kunststück nach, das er präsentieren will: Soll es den Anschein erwecken, das Zelt stünde in Flammen, so daß die Zuschauer in Panik die Flucht ergriffen, um sogleich zu sehen, daß sie nur einer Augentäuschung zum Opfer gefallen sind? Oder ließe es sich bewerkstelligen, daß er unter der Kuppel des Zeltes kreiste? »Alles ist möglich«, denkt er, als er den Wagen verläßt und über den verschneiten Hof zu den Tierkäfigen geht.

33. Hellwach ist der Bäcker. Noch in der Nacht hat er Semmeln und Brot gebacken, sich umgekleidet und die Ware im Lieferwagen verladen. Nun fährt er von Hof zu Hof.

34. Der alte Mautner liegt unterdessen schwer atmend mit seinem Spazierstock im Bett. Vor Jahren ist ihm seine Frau erschienen in einem roten Gewölk und hat ihm mitgeteilt, daß sie im Paradies Kleider ausbessert in einem unterirdischen Schloß. Um seine Gedanken anzuregen, läßt er seinen Blick auf Gegenstände fallen, die im Zimmer liegen: einen weißgestrichenen Arm aus Holz, ein hölzernes Ziegeneuter mit aufgepinselten gelben Flecken, einen geschnitzten Bienenkorb, ein schmiedeeisernes Bein, ein aus Elfenbein geschnitztes, herzförmiges Brustvotiv, ein Augenpaar, die

handgeformte Figur eines schnurrbärtigen Mannes aus Wachs, einen Schlagring, einen Benediktuspfennig, ein birnenförmiges Riechbüchschen und eine Korallenfaust. Seit langem gelingt es ihm schon nicht mehr, mit der Verstorbenen Verbindung aufzunehmen.

35. Die alte Resch überquert die Straße, ein Huhn unter dem Arm. Sie hat ein schwarzes Tuch mit weißen Tupfen auf dem Kopf, das sie unter dem Kinn zusammengebunden hat. Ihr Gesicht ist länglich, die Stirn hoch und rund wie ein halbierter Kürbis. Ihre Nase ist lang, die Löcher sind groß, als seien sie Verletzungen. Ihre Augenlider fast ohne Wimpern und die runzlige Stirn von Pigmentflecken bedeckt, auf einem Nasenflügel eine Warze. Lippenloser Mund, kurzes Kinn. Über dem blauen, kaschmirgemusterten Kleid trägt sie einen zu kurzen Mantel aus Loden und einen gelbbraunen Schal. Von den Knien abwärts sieht man die sandfarbenen Wollstrümpfe, die in dunkle Pelzschuhe münden, welche durch einen Zipp-Verschluß geschlossen werden. Die roten, fleischigen Hände mit den kräftigen, abgebrochenen Nägeln ohne Handschuhe. Schwerfällig, nach vorne gebeugt geht sie dahin, das Gesäß weit hinausgestreckt. Das Huhn hat sie für die Sonntagsorganistin bestimmt, von deren Tod sie noch keine Kenntnis hat.

36. »Ist hier jemand?«, fragt der einarmige Tischler. Früher war er Postbeamter. Soeben hat er den Hammer noch in der Hand gehabt, nun hat er ihn verlegt. Die Sägespäne riechen nach Harz. Eine Maus huscht im dämmrigen Licht über den Boden. In einem Winkel steht der halbfertige Sarg, den sein Vater gemacht hat. Der Tischler stöbert in der Truhe nach

17

einem anderen Hammer. Als er an die Hobelbank zurück-
kehrt, liegt das gesuchte Werkzeug vor ihm.

37. L., der in der Stadt arbeitet, plagten in der Nacht Darm-
beschwerden. Er hat beschlossen, das Haus nicht zu verlassen. Auf seinem Gesicht und Hals hat sich ein juckender
Ausschlag gebildet. L. schließt die Tür zum verdunkelten
Raum, der ihm als fotografisches Labor dient, schiebt ein
Stück Film in den Projektor und stellt das Bild scharf. Auf
dem Tisch erscheint das farbige Abbild einer Hand, um die
sich eine Schlange windet.

38. Beim Aufstehen hat der Schneider Nachricht vom Tod
der Sonntagsorganistin erhalten. Nachdem er im Kalender
die Maße der Schwester gesucht hat, zieht er einen Stoffbal-
len heraus und schlägt das schwarze Tuch auf. Er nimmt das
gelbe Maßband in die Hand, wirft den Stoff in Wellen über
den Arm und trennt das Stück mit der geöffneten Schere ab.

39. In Frauenkleidern sitzt H. in der winzigen Küche. Sein
Gesicht ist fleischig, das dichte Haar vom Schlaf zerzaust.
Vor ihm die Brille wirft konzentrische Kreise auf das Kunst-
stofftischtuch. H. lehnt sich zurück. Manchmal gelingt es
ihm, sich als Pfarrer vorzustellen, dann erweckt er Tote zum
Leben. Jetzt sieht er ein junges Mädchen im Wald liegen mit
einem Blutfaden, der ihm aus dem Mundwinkel läuft. Er
bückt sich und hebt das Kleid des Kindes hoch. (In seinem
Körper entsteht das Wohlgefühl, das ihn benommen macht.)

40. Hinter dem Holzverschlag kauert die Katze. Ihre Glieder
sind schwer, sie hört das Zwitschern der Amsel (sie versteht

nichts). Zudem kann sie, wo sie sich auch versteckt, einem Röcheln nicht entkommen, das sie die ganze Nacht über verfolgt hat. Tiefer verkriecht sie sich in Gerümpel und Staub.

41. Gustav fehlen nach einem Unfall die Finger der rechten Hand, so daß er die Spielkarten mit der linken halten muß. Sitzend übernachtet er vor dem Tisch in der Buschenschank oder er streckt sich auf der Holzbank aus. Vor wieviel Jahren war er der Geliebte der Sonntagsorganistin? Beim Erwachen stellt er fest, daß er in einer Pfütze Urin hockt.

42. In der Küche die SUMSUM-Fliegen beäugen den alten Schauer, wie er sich die langen Unterhosen auf der Bett-kante über die Beine zieht. Beäugen ihn aus schimmernden Facettenaugen, sich die Rüssel putzend. Da unten dieses große ächzende Tier. Schlurft den Tag über schwer auf dem Boden, kann nicht fliegen. Schwerfälliges Tier. Bösartig. Stellt ihnen mit KLATSCH-Klappe nach, zerquetscht sie mit knochigen Händen, hängt klebriges Papierzeug an die Decke (das einen festhält bis man verhungert). Kümmert sich nicht um das Verzweiflungsgesumse der sterbenden SUMSUM-Fliegen. Nachts können sie in seinem Haar sitzen. Auf dem Rest des Marmeladebrotes. Können sich dort schlürfschmatzend die Eingeweide vollhauen. Elender alter Mann.

43. Die Witwe Oswald hat Visionen. Sie geht an keiner Ka-pelle, keinem Bildstock, keinem Heiligenwinkel vorbei, ohne sich zu bekreuzigen. Überall hat sie die Vorstellung, gesehen zu werden. Daher bemüht sie sich stets, einen guten

Eindruck zu machen. Sie haßt die verbotenen Gedanken, die ohne Zutun in ihrem Kopf entstehen. Dann beginnt sie laut von etwas anderem zu sprechen, um sie zu verscheuchen. Sah sie nicht erst vor kurzem einen Engel, aus dessen Kopf ein zweiter und aus dessen ein dritter undsoweiter gewachsen war? (Das Wesen war von einem blauen Luftkreis umgeben, der wie ein Rad über einen speienden Hirsch, Wolfs- und Krebsenkopf gefahren war.) Ein anderes Mal hatte sie die Gesichter von einem Dutzend ihr bekannter Menschen in einer Abendwolke gesehen, ein andermal war ihr ein hoher, weißer Raum ohne Fenster erschienen, in dem zur Linken sechs Menschen gekniet waren mit dem Aussehen, das sie als Lebende gehabt hatten, zur Rechten aber dieselben in schwarzen Kleidern als Tote. Stumm waren sie in gegenseitiger Betrachtung versunken gewesen.

44. Auf der Straße geht ein etwa vierzigjähriger Mann, der sofort Verdacht erweckt. Obwohl im besten Alter und von gesundem Aussehen, handelt es sich (das kann jeder erkennen) um einen Landstreicher. Er trägt einen langen Bart und – auf dem rotgesichtigen Kopf – einen Hut, der mit einem grünen Band geschmückt ist, welches noch über die Hutkrempe bis zur Schulter fällt. An seinen Mantel sind weiße Gestecke geheftet, wie man sie auf Hochzeiten am Revers befestigt (sofern man zu den geladenen Gästen zählt). Offensichtlich muß sich der Fremde die Zunge verletzt haben, denn er ist stehengeblieben, hat sie herausgestreckt und betrachtet sie im Glasfenster eines der Häuser. Kann er Josef, den Mesner, auf der anderen Seite des Glasfensters sehen? (Vielleicht ist es sogar möglich, daß der Fremde seine Zunge mit Absicht herausstreckt, um die Dorfbewohner zu ärgern

oder zu erschrecken?) Jetzt zieht er ein Taschentuch aus dem Mantelsack, wickelt es um zwei Finger und hält mit den gegen Unsauberkeit geschützten Fingern die Zunge in der Hand. Lange steht er da, in den Anblick einer jetzt deutlich erkennbaren Wunde versunken, die blau und klaffend auf der Zunge schwillt, wie ein Tierbiß.

45. Josef, der Mesner, hingegen, auf der anderen Seite der Glasscheibe, sieht den eigentümlichen Menschen mit der herausgestreckten Zunge vor seinem Fenster. Endlich, als der Fremde die Zunge wieder in seinem Mund verschwinden läßt und offensichtlich aus Gewohnheit mit gekreuzten Armen gegen seine Schultern schlägt, um sich zu wärmen oder den Mantel von Staub zu reinigen (denn deutlich kann Josef kleine Wolken sehen, die sich aus dem Stoff lösen), endlich macht jener kehrt und wandert weiter. Sofort eilt Josef ans Fenster.

46. Das Kind Ludmilla preßt die Luft mit aller Anstrengung aus dem Körper, so daß es, bis zum nächsten tiefen Atemzug, einen kurzen Tod erleidet, schreit, um das starre Zimmer zu beleben. Ein rotes Tier hat Ludmilla unter seinen Körper genommen, das zu verschwinden droht, sobald das Kind nicht mehr schreit. (Es verflüchtigt sich mit jedem vorsichtigeren Atemzug, entzieht Ludmilla Wärme und Farbe, nimmt ihr den roten Mantel, in den es sie gewickelt hat.) Eingehüllt in den schützenden Umhang schwebt Ludmilla dahin.

47. Die gelbe Tür springt auf, und sechs Soldaten schleppen einen Kameraden, dem das Blut über das Gesicht läuft, die

Treppe hinunter, halten an, kehren über die Treppe zurück in das Haus, stoßen dort wiederum die Tür auf und tragen den Soldaten neuerlich über die Stiege. Ohne einen Klagelaut von sich zu geben verdreht der Verwundete die Augen. Hinter ihnen laufen die Hühner, um das Blut vom Boden aufzupicken. Kaum hat der hastige Zug die Straße erreicht, als er abermals kehrt macht und in das Haus zurücktaumelt. Polternd öffnet er die Tür, arbeitet sich mit Ellenbogenstößen und scharrenden Stiefeln in den Flur, um sogleich wieder ins Freie hinaus zu wanken. Dort beschreibt er einen Kreis, der ihn auf kürzestem Wege wieder zu den Stiegen führt, welche er rasch erklimmt, worauf er im Haus verschwindet. Nun erhebt sich die Greisin und beginnt, die schmutzige Wäsche in den Korb zu werfen.

48. In einem der vereinzelt liegenden Gehöfte leben die Brüder, die in dasselbe Mädchen verliebt sind. Keiner von beiden läßt vor dem anderen je eine Bemerkung über sie fallen. Schweigend sitzen sie am Küchentisch, eine Tasse Kaffee mit eingebrockten Semmelstücken in der Hand. Während den Älteren den ganzen Tag über ein quälendes Gefühl begleitet, das ihn nur stumpf und ohne Aussicht an das Mädchen erinnert, denkt der Jüngere angestrengt nach, wie er sich ungestört mit ihr treffen kann. So will er ihr einen Brief schreiben, den der ältere Bruder überbringen soll. Voller Unruhe spürt er die Nadelstiche der nutzlos verstreichenden Zeit.

49. Und Kolomann? – Hockt wie jeden Morgen mit seiner Ratte am Tisch und bestaunt ihr ungehemmtes Wachstum. Gestern noch überragte sie ihn nur um einen Kopf, heute

aber reichen ihre Ohren schon an die Zimmerdecke, der Schwanz kringelt sich wie ein pelziger Gartenschlauch, ihre Pfoten könnten von einem Affen stammen. Allerdings macht sie, was das Sprechen betrifft, keinen Fortschritt. Nur ihren Pfeifton hat sie gelernt, nach Bedarf lauter oder leiser, tiefer oder höher zu gestalten. Ist sie wütend, schnaubt sie geräuschvoll die Luft aus, als wollte sie Kolomann wegblasen. Dafür ist ihre Geschicklichkeit, was Rechenvorgänge betrifft, nicht zu glauben. Mit spielerischen Pfiffen löst sie jede ihr gestellte Aufgabe, ohne das Geringste zu verstehen. In ihrem Fell trägt sie den Orden ihres Meisters, dessen Herrschaft sie (trotz ihrer eigenen Größe, Geschicklichkeit und Geschmeidigkeit) nicht in Frage stellt. Manchmal fällt sie ohne Übergang in tiefen Schlaf, dann darf Kolomann nicht erwarten, daß es ihm gelingen könnte, sie zu wekken.

50. Aus dem Krankenhaus nach einer harmlosen Blinddarmentzündung entlassen, findet sich der Vertreter für Bettwäsche, Vorhänge, Daunendecken und Kleiderstoffe, Ernst Elch, auf einer Winterfahrt in einem vergessenen Gasthof, in dem sich auch nach längerem Rufen weder der Wirt (noch seine Frau) oder ein Dienstpersonal zeigt. Er weiß, wie schwer sein Leben als Vertreter ist. Überall wo er anklopft oder Einlaß begehrt, hat schon jemand eine überflüssige Versicherung abgeschlossen oder die Verpflichtungen einer Mitgliedschaft eines Buchklubs hinterlassen, überall hat schon ein lügnerischer Außenbeamter Zeitungsabonnements für behinderte Kinder oder mittellose Alte verkauft oder zu Werbefahrten eingeladen, die sich in teuren Druckkochtöpfen und Heizdecken niederschlugen. Er öffnet die

Küchentür und sieht auf der Bank hinter dem breiten Tisch einen Mann in der Uniform eines englischen Offiziers, der ihn schon erwartet zu haben scheint. Dieser erhebt sich und fragt Elch, ob er sich mit dem Aufstehen immer so lange Zeit ließe. Dann zieht er eine Spielkarte, eine Puppe und einen Ping-Pong-Ball aus dem Ärmel, läßt sie hinter der verdeckten Hand verschwinden und gibt dem Verblüfften mit einem brennenden Nelkenstrauß Feuer, den er aus seiner Jackentasche holt und in die Luft wirft, wo die Blumen sich mit einem Knall in eine weiße Rauchwolke auflösen.

Mittag

1. Seufzend beugt sich der auf Bewährung entlassene weibliche Pflegling der Heilanstalt zum Blechkübel hinunter, wringt das Tuch aus und wischt etwas von der seifigen Feuchtigkeit, die im Stoff erhalten bleibt, über das Orchestrion und die rote Madonna und das gelbe Kind in ihrem Arm. Dann geht er zum Fenster, um den Apfel, der dort liegt, zu kosten, jedoch aus anerzogener Bescheidenheit streckt er ihn zuerst der roten Madonna hin. Ruhig nimmt diese den Apfel in die Hand und beißt knirschend in das Fruchtfleisch. Sodann verzieht sie kauend das Gesicht, während der ehemalige Pflegling, überrascht und betroffen von der Miene der Madonna, ohne zu zögern ihrem Beispiel folgt und in den Apfel beißt: »Er ist süß!«, ruft er vorwurfsvoll, »er ist süß!«

2. Mit einer entschlossenen Geste lenkt Dominik der Leichenbestatter den Wagen vor die Einfahrt des Gasthauses. Hat er nicht schon zum vierten Mal gehalten? Hat er nicht schon Ströme von Bier und Wein in sich gegossen, als gelte es, den Durst ausgetrockneter Sommererde zu löschen? Hinten, im Laderaum seines Wagens, liegt der Sarg für die Sonntagsorganistin. Er wirft einen Blick auf die Miene des Gehilfen, der an seinem Daumennagel nagt. Erst als er den gewohnt friedlichen Ausdruck in seinem Gesicht findet, steigt er aus.

3. Der Kirchenwirt aber steht im Kühlhaus (dick vermummt im Pelz) vor den Schweine- und Rinderhälften, die er für das Bestattungsessen aussucht. Dann umarmt er einen der halbierten Tierkörper und legt ihn mit dem Fleischhaken über die Schulter. Bei seiner Hochzeit hat er zum letzten Mal getanzt, als er seiner Frau um Mitternacht den Brautkranz vom Kopf nahm. Während er die eisstarre Tierhälfte über den Hof schleppt, sieht er sich durch den Ballsaal tanzen, im dunklen Anzug, in den Armen die junge Frau mit tiefernstem Gesicht. Oben auf dem Podium stehen die Musiker und spielen lautlos.

4. Auf dem Dachboden kann sich der Jäger vorstellen, vergessen zu werden. Von der Luke sieht er auf einen Kirschbaum mit einer Vogelscheuche, in dessen Gezweig Krähen hocken. Unten, im Flur warten Frau und unmündige Kinder mit Kochtöpfen auf die Vögel. Der Knecht hingegen ist dabei, dem Iltis vor dem Hasenstall aufzulauern. (Am Morgen fand er die Felle von drei Hasen in der Tenne, flach wie leere Hausschuhe mit kleinen Köpfen und Pfoten.) Der älteste Sohn aber hat eine Fuchsspur im Schnee entdeckt, die von der Mistgrube in den Wald führt, und augenblicklich ist er ihr gefolgt. Als der Jäger endlich schießt, fallen die toten Krähen zu Boden und, während die überlebenden krächzend das Weite suchen, eilen Frau und unmündige Kinder aus dem Haus und sammeln die erlegten Vögel in klappernden Töpfen, um eine Suppe zu kochen, hört der Knecht den Iltis in die Falle gehen und sieht der Sohn des Jägers vom Fuchs nur die wehende Standarte im Gehölz verschwinden.

5. Indes hat Stölzl, der im Bach erfroren ist, begonnen zu singen: »Mann mit den eiskalten Knochen, Du hast Blumen im Haar, nie mehr wirst Du schlafen mit Magda, der Köchin, drum trink, trink, so lange die Zwetschge reift.«

6. Ist es eine hungrige Riesenfledermaus, die vom Dach stürzt? Ein hyperthrophisches Insekt? Ein fremder Raubvogel? Ebenso rasch, wie der gelbe Schatten am Fenster vorbeischwebte und hinter dem Hügelrand mit einem aufplumpsenden Geräusch verschwand, eilt Juliane vor das Haus, um sich zu vergewissern, was sie sah. (Der Türrahmen ist seit dem Sommer mit Efeu geschmückt, das nicht welkt, ein Büschel Mistelzweige ist auf das Holz genagelt. Aus Aberglauben berührt Juliane die Pflanzen, bevor sie auf die Kuppe des Hügels tritt und in den Graben hinunterschaut.) Dort liegt zwischen Ribiselstauden und einer schirmförmigen Konstruktion aus Sperrholz und Leinen ihr jüngster Sohn und verflucht die Schwerkraft.

7. Wie jeden Tag rollt der Lehrling S. mit dem Fahrrad am Haus des Ziegeleiarbeiters vorbei. Lautlos gleitet er zum Fenster des Schlafzimmers. Hinter halb geöffneten Gardinen bestäubt sich die Tochter die Achselhöhlen mit Kölnischwasser. Ihre Brüste sind schwer wie Melonen, eine Blutspur läuft an der Innenseite ihrer Schenkel hinunter bis zum Knie. Angewidert wendet sich der Lehrling ab. Aus Fässern, Tonnen, hinter Bretterverschlägen, aus Bodenluken, hinter Bäumen und Stapeln von Ziegeln kommen Kinder hervor und starren ihn an.

8. Die Frau des Bürgermeisters stellt weiße Porzellanteller gefüllt mit gelber Suppe auf den Tisch. Das Brett, auf dem sie die Speisen getragen hat, ist violett. Auf dem braunen Tisch stehen wasserklare Gläser für den Wein. Am silbernen Löffel klebt Honig. Die scharfen Messer zerteilen Fleisch und Kartoffeln, die Gabel taucht in die rote Mundhöhle des Bürgermeisters. Aus der Flasche strömt der Duft der Traube. Langsam schmilzt die Frostschicht der süßen Erdbeeren.

9. Der Bergmann hat die Maiskörner in eine Schweinsblase getan, die er nun heftig schüttelt, so daß es aus ihr prasselt, pocht und klopft, als regnete es auf das Dach. Sogleich scharen sich die Pfauentauben um ihn und beginnen die Körner aufzupicken. Einmal fuhr der Bergmann in die Stadt, und führte zwei der Tauben mit sich, um sie auszulassen und herauszufinden, ob sie den Weg zurückfänden. Anstelle der Tauben aber kehrten zwei Hunde zurück, die der Bergmann (durch welche Anstrengung auch immer) nicht los wurde. In dieser Zeit verschwanden die übrigen Tauben. Sie kamen erst wieder, als die beiden Hunde eines Tages ohne einen Anlaß das Weite gesucht hatten.

10. Der Traum des Landarztes ist es, zu verschwinden. Zu seinen Füßen kriecht eine Kolonne von Ameisen durch den Schnee, unten aus dem Karpfenteich steigen Fische und Wasserschildkröten an Land. Der Arzt hat ein Notizbuch in die Hand genommen und blitzartig einen roten Baum gezeichnet. Sodann hat er tatsächlich begonnen, sich in Luft aufzulösen. Zunächst verschwinden Haare und Finger, als ob sie zu einer durchsichtigen Flüssigkeit zerrinnen würden,

dann schrumpfen die Gliedmaßen, schließlich zersetzen sich Kopf und Rumpf.

11. Wie auf ein geheimes Zeichen erscheint das Abbild des Landarztes gleichzeitig der alten Frau, worauf die Kinderstimmen verstummen. Tief schaut er ihr in den Hals, lange lauscht er ihrem rasselnden Atem, geduldig befühlt er den Puls an ihrem Handgelenk. Zuletzt flößt er ihr bittere Arznei ein. Da sieht sie eine grüne Flüssigkeit durch ihr Geäder fließen, ihre Beine sind Wurzeln geworden, die die Matratze durchbohren, die Bodenbretter und das Kellergewölbe und sich in feuchte Erde graben, ihre Arme Blätter, die sich ausdehnen und sprießen und die Wände hochwachsen und ihr Kopf ein Blumenkelch, der sich öffnet.

12. Der Pfarrer stürmt mit dem Gebetbuch in der Hand aus der Kirche. Soeben hat man die Lunge eines Rindes, die Leber eines Kalbes und die Innereien von Geflügel durch die Türe geworfen. Außer Atem steht er da, ohne jemanden zu entdecken. Der Pfarrer weiß die Vorzeichen zu deuten: Jemand in der Gemeinde ist unterwegs, um einen Mord zu begehen.

13. Im Schloß, der 107-jährige General starrt noch immer durch das Fernrohr. Auf seinem mageren Körper schlottert eine viel zu große Uniformjacke der kaiserlichen Armee und, da er friert, trägt er weiße Handschuhe. Wie immer spricht er in Gedanken mit den Toten. Er hadert mit ihnen wegen verlorener Schlachten und vermeintlicher Intrigen. In seiner Erinnerung watet er auf dem Schlachtfeld durch Pfützen von Blut. (Die Blutpfützen spritzen zur Seite und

auf die Windschutzscheibe und den Kühler, als er die Straßen mit dem Auto hinunterfährt neben dem schweigenden Adjutanten.) Gegen Abend erreicht er das Dorf, in dem die Häuser voller Toten sind. Er läßt den Benzinkanister leeren und Feuer legen. Wieder dreht er sich mit dem Stuhl, um nachzusehen, wie weit der Totengräber mit seiner Arbeit ist.

14. Die alte Resch sitzt vor dem Haus und rupft das Huhn. Nachdem sie erfahren hat, daß die Sonntagsorganistin über Nacht gestorben ist, hat sie sich entschlossen, das Huhn selbst zu essen. Wie sie es gebracht hat, so hat sie es unter dem Arm nach Hause getragen (Wasser auf den Ofen gestellt, das Küchenmesser geschliffen) und ihm den Hals durchgeschnitten. Sodann hat sie es in der ausgestreckten Hand ausbluten lassen und auf den Tisch gelegt. Die alte Resch spricht mit niemandem. Seit sie der Mesner beleidigt und niemand im Dorf sich mit ihr darüber empört hat, fühlt sie sich von allen beleidigt. So heftet sie ihren Blick auf den Boden, sobald sie das Haus verläßt. Nur in der Küche geht sie erhobenen Hauptes.

15. Hundertsieben, hundertacht, hundertneun, zählt die Kaufhausfrau die Schillingstücke. Sie hat den Vorhang hinuntergelassen, damit man nicht durch die Tür blicken kann, das Schloß versperrt. Unter der Käseglocke liegt das Papiergeld. An der Wand hängt ein hölzernes Kindergewehr von ihrem Sohn, der mit sechs Jahren gestorben ist. Wenn sie den Atem anhält, hört sie außer ihrem Herzschlag vom oberen Stockwerk ein gedämpftes, fast unwirkliches Schnarchen, das klingt, als sei jemand in den letzten Zügen. Zwischen-

durch geht es in ein Stöhnen und Murmeln über, doch es ist, wie gesagt, nur so leise zu vernehmen, daß man glauben könnte, man täusche sich. Oder daß man diese Geräusche einfach der Natur zuschreibt, dem Wind, irgendwelchem Getier oder der Kälte.

16. Der Gehilfe des Bestatters sieht verschiedene Kammern im Gehirn seines Herrn. In der ersten Kammer steht der Bestatter ohne Kopf da. In der zweiten Kammer trinkt er aus einer Flasche, in der dritten spielt er mit Tieren, in der vierten schaut er auf eine Uhr, in der fünften entkleidet er eine Frau, in der sechsten schwimmt er im Teich, in der siebenten pißt er gegen den Wind, in der achten spielt er auf der Geige, in der neunten liegt er betrunken im Vorhaus, in der zehnten spricht er mit dem Kopf seiner Frau, in der elften hält er eine brennende Kerze in der Hand, in der zwölften steht er in zerrissenen Kleidern da, in der dreizehnten schlägt er beide Hände über dem Kopf zusammen, in der vierzehnten tritt er eine Wallfahrt an. Als der Bestatter aus dem Wagen steigt, folgt er ihm.

17. Der entmündigte Sägewerksarbeiter liegt ohne Daumen im Bett. Bewegungslos ruht er im froststarren Zimmer, unter sich hört er die Schweine im Stall grunzen. Oft befürchtet er, er könnte mit dem Bett in den darunterliegenden Stall stürzen – indem der Boden aus irgendeinem Grund einbricht – und sodann von den Schweinen gefressen werden. Des Nachts glaubt er sich in Lebensgefahr: Häufig erwacht er schweißgebadet, von grunzenden Schweinerüsseln beschnüffelt, die sogleich in der Dunkelheit verschwinden.

18. Bevor er sich zur Arbeit begeben hat, hat der Postbeamte seinen Doppelgänger mit Verbänden auf einen Stuhl gefesselt. Oder hat der Doppelgänger ihn gefesselt? Ist er am Ende selbst der Doppelgänger, während er gefesselt auf dem Küchenstuhl sitzt? Und soll er den Doppelgänger verhungern lassen? Dann aber dürfte auch er, um sicherzugehen, nichts zu sich nehmen, denn er könnte ja selbst der Doppelgänger sein, den er noch ernähren würde, während er verhungerte. (Er nimmt den Brief für den jüngeren der Brüder, die beide in dasselbe Mädchen verliebt sind, heraus und schiebt ihn unter die Tür. In dem Brief steht, wann der jüngere Bruder zum Militär einrücken muß.)

19. Der alte Mautner hat beim Aufstehen seine Kleidung verkehrt angezogen, denn das bedeutet Glück oder ein Geschenk. Die Schuhe trägt er an den verkehrten Füßen, Hemd und Rock am Rücken zusammengeknöpft, selbst in die Hose ist er verkehrt geschlüpft. Die Kinder springen lachend um ihn und sprechen mit seinem Hinterkopf, und, ohne zu zögern, antwortet er ihnen. Auch hat er mit einem der Kinder dasselbe Wort zugleich ausgesprochen, worauf er es aufforderte, mit ihm den kleinen Finger der rechten Hand hakenförmig ineinander zu legen und sich stillschweigend etwas dabei zu wünschen, dann ginge der Wunsch in Erfüllung. Nun aber, beim Essen, muß er verkehrt zum Tisch sitzen, den Löffel zum Teller in seinem Rücken und sodann vorsichtig unter seiner Achsel zu seinem Mund führen. Die anderen zeigen ihm kichernd, ohne daß er es sehen kann, Vögel, machen Kreise vor der Stirn oder klopfen sich an den Kopf.

20. Louise aber hat einen Sud aus Tabak und Kakerlaken, der sie in Fieber versetzen soll, gekocht. Schon beleben sich die Gegenstände. In einer Ecke liegt ein Hut mit einem Schleier, den sie von ihrer Mutter geerbt hat. Durch den Schleier schaut sie wie in eine andere Zeit. Zu ihrer Katze sagt sie folgendes: »Katze. Leicht könnte ich meinem Leben ein Ende bereiten, aber ich will Dich nicht allein lassen, hier auf dieser Welt.« Jetzt erst erkennt sie, daß die Katze eine Amsel im Maul trägt. Diese antwortet: »Muß ich nicht schwer leiden, wo ich doch zu fliegen wünsche? Und Du, die Du fliegen könntest, wünschst zu leiden.« Daraufhin verschlingt die Amsel die Katze.

21. Während der Landwirt S. den Baum fällt, denkt er, daß er bereits ein wohlhabender Mann sein könnte, ohne es zu wissen. (Selbst einen Baum zu fällen kommt ihm anders vor als sonst.) Natürlich könnte er auch leer ausgegangen sein, das wäre möglich. Hier im Wald fallen die Flocken weniger dicht als auf den ungeschützten Äckern. Plötzlich gräbt sich ein Mann mit einer Klarinette aus dem Schnee. Er ist völlig unbekleidet und verschwindet (auf dem Instrument spielend) mit hüpfenden Bewegungen zwischen den Bäumen. Beginnt bereits das Begräbnis? Die Hacke in der Hand läuft S. dem Mann mit der Klarinette nach.

22. Der Schlachtergeselle steht vor dem Schragen. Mit einem glockenförmigen Gerät hat er dem in heißem Wasser gebadeten Schwein die Borsten rasiert, nun öffnet er die glatte Haut des Bauches. Schon zupfen ihn Hunde und Katzen an seiner Hose. Der Schlachter läßt sich nicht stören.

Geschickt schält er die Haut von der Fettschicht, die Finger sind vor Kälte klamm.

23. Jedesmal an derselben Stelle des Nocturnos stocken der Schwester der Toten die Finger. Es ist ein ganz gewöhnlicher Griff, der ihr auf dem alten, jedoch nicht verstimmten Klavier nicht gelingen will. Seufzend schließt sie den Deckel. Sie ist unwillig, wie immer, wenn etwas nicht so läuft, wie sie es sich wünscht. Wo bleibt der Bestatter? Und warum läutet die Zügenglocke nicht? Durch den Türspalt wirft sie einen argwöhnischen Blick auf die Tote. Es riecht nach Staub und alten Kleidern. (Es ist nicht das erste Mal, daß sie eine Tote sieht, deshalb fürchtet sie sich nicht vor dem wächsernen Gesicht und den leblosen Händen.) Als sie das Zimmer verläßt, öffnen sich mit einem Schlag alle Türen und Fenster des Hauses, die Schränke, Kisten und Kredenzen, auch Kofferdeckel und Uhrdeckel springen auf, und die Läden stürzen aus den Kommoden, Kleider und Mäntel fallen heraus, Papiere, Geschirr, Bestecke, Bücher – ein kurzes Poltern, Klirren, Krachen, wie es häufig nach Sterbefällen zu beobachten ist. Dann herrscht gleichsam endgültig Ruhe. Draußen schneit es.

24. Das Schulzimmer ist ein kahler Raum mit einer grünen Tafel, auf die der Lehrer weiße Kreidebuchstaben schreibt. Die Schüler haben an Verbände erinnernde Mützen, auf denen man Blutflecke erkennen kann. Selbst der Kopf des Lehrers weist einen großen Blutfleck auf. Außerdem liegen zwei Schüler offensichtlich ohne Besinnung auf ihren Bänken. In einer Hand hält der Lehrer einen Stock, mit dem er den Schülern abwechselnd auf den Kopf schlägt. Maria hört

wieder die fremde Stimme im Ohr, doch sie starrt so angestrengt auf die Tafel, daß sie nicht verstehen kann, was sie
von ihr will. Mit gebeugten Rücken hocken die Schüler da
und malen die Wörter ab in die Hefte. Im hintersten Winkel
des Klassenzimmers steht der Direktor und überwacht,
seine Brille reinigend, den Lehrer. Er hat auswendig im
Kopf, was der Lehrer vorträgt, und spricht mit stummen
Lippen mit. Auf einem Stuhl liegen ein Haufen Steine, zu
denen der Direktor greift, um sie nach dem Lehrer zu werfen, sofern er vom vorgeschriebenen Text abweicht.

25. Kolomann reitet mit der Riesenratte über den Hof, um
sie daran zu hindern, einzuschlafen. Welche Ratte verläßt im
Winter schon gerne das Haus? Die Bewohner der umliegen-
den Höfe flüstern Flüche. Ist es notwendig, daß er die Ratte
prügelt? Es ist schon vorgekommen, daß man den Tierarzt
verständigte, dem jedoch nicht geöffnet wurde. Dafür trieb
der Tierquäler das Vieh am nächsten Tag um so wilder um
den Hof. So hat man sich angewöhnt, zu den Vorfällen zu
schweigen. Insgeheim wartet man jedoch darauf, es Kolomann heimzuzahlen.

26. Während Josefine vor der Abwasch steht und einen Stoß
gegen die Bauchdecke verspürt, bewegt das Lebewesen in
ihrem Inneren die Gliedmaßen, um kurz zu schweben,
wenngleich es Mühe hat, den schweren Kopf, dessen Größe
seinen Körper übertrifft, aufrecht zu halten. Noch vermeint
es, sich in einem Ei zu befinden, geschützt durch eine kal-
kige Schale, doch ahnt es bereits die Existenz eines anderen
Lebewesens. Oder ist es nur der Kern in einem Apfel? Die
Nuß in einer Schale? Das Kalb in einer Kuh? Nun fällt ihm

ein, daß es vormals auf der Welt war in Gestalt einer Eidechse. Und vormals in Gestalt einer Mehlschwalbe. Und vormals in Gestalt einer Wanderheuschrecke. Und vormals in Gestalt einer Petersilie und vormals in Gestalt eines Sonnentierchens. Voller Furcht denkt es an die Gestalt, die es jetzt annehmen wird.

27. Die Hosenträger des Gendarms sind von der Schulter gestreift, die Jacke hängt über der Lehne, sein Latz ist geöffnet. Die Frau des Gendarmen steht unbekleidet vor dem Tisch und bügelt die Uniform. Immer, wenn sie Lust hat, muß er ihr zu Willen sein, ansonsten hat er schweigend in der Ecke zu sitzen. Wen wundert es noch, daß er mürrisch ist? Es gibt Tage, an denen er keine Silbe von sich geben darf, ohne nicht sogleich aus dem Haus gewiesen zu werden. Um so heftiger überfällt ihn eine Redelust, sobald er im Dienst ist. Manchmal muß er alle Kräfte aufbieten, um nicht ohnmächtig zu werden.

28. Im gläsernen Gewächshaus wäscht die Gärtnerin die Leintücher mit Lavendelseife. Sie reinigt sie vom Blut ihres Körpers und vom Samen ihres Mannes. Neben ihr sitzt der verstummte Vater, den sie überallhin mitnimmt, wie einen Hofhund. Sie schneidet seine Nägel und sein Haar, trägt ihn auf dem Rücken in das Haus. Sobald er auf dem Rücken hängt, will er sprechen, es kommt jedoch nur ein unverständliches Stottern und Lallen über seine Lippen, das ihm durch eine kurze, unwillige Schulterbewegung der Gärtnerin untersagt wird.

29. Die erste Elster: In der Grube verrichtet der Totengräber seine Not –
Die zweite Elster: Verrichtet seine Not bei den Toten –
Die erste Elster: Spricht in Fürzen mit ihnen …
Die zweite Elster: Klingt als träfen sich Tenöre …
Die erste Elster: Kann sie alle sehen in ihren Särgen, in hostienweißen Kleidern und testamentschwarzen Anzügen, Knochen und Haar, die Hände noch immer gefaltet, ernsthaft wie vor Hochzeiten.
Die zweite Elster: Die Kinder als warteten sie auf die erste Kommunion –
Die erste Elster: Verrichtet noch immer seine Not –
Der Totengräber: Wartet nur! Wartet nur! Verfluchtes Gesindel (wischt sich mit einer Zeitung den Hintern).

30. »Während mir der Vater die Bienenkönigin in einer hölzernen Schachtel um den Hals band«, schreibt der Sohn des Bienenzüchters, »damit sich der Schwarm, ohne mich zu stechen, auf meinem Körper und Kopf niederließ und so durch die Anwesenheit der Königin friedfertig von L. fotografieren ließ, wagte er es nicht, mich anzusehen. An meinem Gesicht erkannte mein Vater mein Unbehagen. (Ich drücke mein Unbehagen immer, ohne es zu wollen, mit meinem Gesicht aus, es wird mir ins Gesicht geschrieben.) Mein Vater öffnete das Flugloch, und der Schwarm stürzte sich auf mich. Das ging so rasch vor sich, daß ich plötzlich das Gefühl hatte, mein Gesicht sei von einer Krankheit befallen, die sich in einem unförmigen Wuchs der Haut ausdrückte, denn ich spürte die tausenden Bienen wie etwas zu meinem Körper Gehöriges. Vor Abscheu hatte ich anfangs die Augen geschlossen. Bewegungslos stand ich da, ich

hörte nur die Befehle meines Vaters, der mir verbot, mich zu bewegen. Vor allem den Kopf durfte ich nicht bewegen, den Mund nicht öffnen und die Luft durch die Nase nicht heftig ausatmen. Je regungsloser ich mich verhalten würde, desto sicherer würde ich nicht gestochen. Vor Ekel würgte es mich in der Kehle. Ich wagte jedoch nicht, zu sprechen, obwohl ich damals dazu fähig war. Schon der Gedanke daran, den Mund zu öffnen, verursachte mir Übelkeit. Mein Kopf mit der scheinbar vorhandenen, neuen Haut und dem Gesumm der Bienen in den Ohren, das zum Gedröhn wurde, schien sich in einer anderen Welt zu befinden. Er gehörte nicht mehr zu diesem Haus vor mir, zu meinem Vater, der mit verschränkten Armen L. zur Eile antrieb, gleichzeitig Ruhe und Gleichmut ausdrückend und andererseits so erregt, daß sein Oberkörper hin und herschaukelte. Ich verspürte keine Verkrampfung mehr, meine Muskeln lockerten sich, und ich schlief im Stehen ein. Wie im Traum hörte ich meinen Vater mit L. sprechen. (Er forderte ihn auf, den Bienenhut herunterzunehmen, da ohnedies nichts geschehen könne.) Im nächsten Augenblick sah ich im Schlaf alles vor mir. L., den Vater und mich selbst mit den Bienen auf dem Kopf. Einerseits war ich der, der von Bienen bedeckt war, anderseits sah ich den Bienenmenschen, der ich war!«

31. Die Köchin des Pfarrers hat einen Karfiol gut gewaschen, in kleine Röschen geteilt und in Kalbsknochensuppe weich gekocht. Aus Butter und Mehl hat sie eine helle Einmach bereitet, mit dem Karfiolsud aufgegossen und kochen lassen. Zuletzt hat sie die Suppe mit Salz, Pfeffer und Muskatnuß abgeschmeckt, jetzt bäckt sie einen Eierkuchen. Sie hat die Eier schaumig gerührt, Obers, Muskat und Zitro-

nengeriebenes dazugemischt, Butter in einer Biskuitform erhitzt, die Eiermasse hineingegeben und in das heiße Backrohr gestellt. Zur Abwehr gegen böse Gedanken der Verstorbenen hat sie einen Tropfen Blut aus ihrem Ohrläppchen und einen Tropfen Weihwasser in die Suppe getan. Nur wenn es nicht anders möglich ist, nimmt sie in einem fremden Haus Speisen an.

32. Eine Glockenblume von der Größe eines Hutes ist eine Seltenheit, ebenso eine Mohnkapsel von der Größe einer Kinderfaust oder eine Kratzdistel, die einem Rasierpinsel nicht nachsteht. Auch Farnkraut vom Umfang eines Regenschirmes oder Klee mit Blättern, die Menschenohren gleichen. So zaubert sich L., der in der Stadt arbeitet, mittels Vergrößerungen seiner fotografischen Bildnisse seine Welt. Furzend wartet er in der Dunkelheit auf die Abbildungen, die sich langsam auf dem Papier in der Flüssigkeit entwikkeln.

33. Noch immer steht der Feuerwehrhauptmann vor dem Fenster. Im Schneetreiben sieht er das Dorf brennen. Knisternd schießen Flammen aus den Dächern der Höfe, brüllendes Vieh stampft in Ställen, Mobiliar wird aus Fenstern geworfen, Schweine und Kühe werden in das Freie getrieben, schwarzer Rauch steigt zum Himmel, als bewegte sich eine Kriegsflottille auf einen Hafen zu, und wie Dampfer schwimmen die Häuser auf den Hügeln.

34. Dröhnende Stille liegt über dem Wald und den Häusern. Im Geräteschuppen steht der Witwer Ranz und befriedigt sich selbst. Er schaut in eine imaginäre Wirklichkeit, in der

er nach Anhaltspunkten sucht. Aber die Körper und Gesichter, die ihm erscheinen, zerfließen ungewollt, er kann sie in seinem Kopf nicht festhalten. Er denkt zurück an seine Jugend, jedoch die Frauen, die er herbeiruft, scheint es nie gegeben zu haben. Sein Denken will ihm beweisen, daß es sich um Einbildungen handelt, daß seine Erinnerungen nur Wünsche sind. Ermattet richtet er seinen Blick zu Boden, gerade als eine Ratte hinter der Scheibtruhe auftaucht. Rasch, jedoch ohne innezuhalten, greift er nach einer Harke und schmettert sie auf das Tier.

35. Immer wieder läßt der einarmige Tischler seine Hand auf die Frau niedersausen. Verbissen schlägt er auf das Gesicht ein, das ihm, ohne zu zucken, standhält. Verlegt er sein Geld, beschuldigt er seine Frau, es gestohlen zu haben, findet er sein Werkzeug nicht, glaubt er, es sei ihm entwendet worden, fällt ihm ein Gegenstand ein, an den er schon lange nicht mehr gedacht hat, will er ihn sofort sehen. Es ist das Drudenmesser (mit neun in einer Reihe angeordneten Sternen und neun Halbmonden, welchen auf der anderen Seite der Messerklinge der Kreuzindex gegenüberstand), das er sucht. In der Küchenecke hocken die Kinder und singen:
»Der Vater schlägt die Mutter
Der Bruder schlägt den Himmelsgott
So sterben wir den Erdentod.«

36. Im Holzverschlag die Katze träumt, sie sei ein schlafender Mensch. Ohne Fell liegt sie auf dem Boden und zerfällt langsam zu Staub.

37. Der Entfesselungskünstler hat die Zwangsjacke ange-
legt, Haar und Gesicht mit Mehlstaub geweißt, anstelle
einer Träne läuft eine Spur aus Ochsenblut über die Wange.
Vor ihm kniet der Direktor und fesselt die Beine mit einer
Eisenkette. Er geht dabei so rasch und behende vor, daß
man den Eindruck gewinnt, ein Insekt bei einem seltsamen
Brutvorgang zu betrachten. Mit Ketten und hierauf mit Le-
derriemen puppt er den Entfesselungskünstler förmlich ein,
beraubt ihn, so hat es den Anschein, seiner Gliedmaßen, ja,
es ist, als wohne man einer Verstümmelung bei. Niemand
spricht. Schweiß steht dem Zirkusdirektor auf der Stirn, als
er den Entfesselungskünstler an einem Seil verkehrt zur Zir-
kuskuppel hochzieht. Zuvor hat er das Seil in Brand gesteckt, wie kleine Fackeln stürzen sich auflösende, brennende Hanfstücke in die Manege, höher und höher zieht der
Direktor.

38. H. hat die Kleidung gewechselt. Anstelle der Frauenklei-
der trägt er nun den schwarzen Priesterrock. Neben dem
Haus hat er eine Kapelle errichtet, in der die Figur eines
Kindes aus Gips steht. Wen stellt sie dar? Sie hat blondes
Haar und trägt ein Kleid aus silbernem Stoff, das reichlich
mit goldenen Mustern und gelben und violetten Blumen
geschmückt ist. Der Saum ist aus schwerem Gold und erinnert an eine umgedrehte Krone. Allerdings ist das Kind
barfuß. In seiner halb ausgestreckten Linken hält es eine goldene Kugel mit einem Kreuz, die Rechte ist wie zum
Schwur oder als ob es gerade den Segen erteilen würde er-
hoben. In der Mitte der Brust, von goldenen Blumen um-
stickt, das brennende Herz. Das Kind lächelt, sein Blick ist
in die Ferne gerichtet. Umgeben ist die Figur von einem

Kranz gipserner bemalter Rosen und Blätter. H. spricht die Gottheit in einer erfundenen Sprache an, die er selbst nicht versteht, aber die Inbrunst, mit der er betet, versetzt ihn in Verzückung. Er stammelt, stöhnt, kreischt und preßt die Laute aus sich heraus, vor dem Schneefall geschützt durch einen Schirm. Läßt die Figur nicht schon die Schwurhand sinken ...?

39. Im Teller des Schneiders liegt nur noch der Grätenkörper des verspeisten Fisches und eine ausgedrückte Zitrone. In seiner Jugend hat er mit der Sonntagsorganistin Karten gespielt. Nie hatte er gewagt, sie zu berühren. Einmal waren sie auf dem Teich Schlittschuh gelaufen, da hatte er ein würgendes Gefühl im Hals bei den wirbelnden Drehungen ihrer Pirouetten empfunden. Später hatte er ihr ein Kleid genäht aus einem französischen Stoff, den sie von einer Reise mitgebracht hatte. Seit er das Kleid abgeliefert hatte, hatte sie nicht mehr mit ihm gesprochen. (Wenn sie sich begegneten, drehte sie augenblicklich den Kopf zur Seite, und als er sie einmal beim Kirchgang nach der Uhrzeit gefragt hatte, hatte sie ihm geantwortet, er solle sie in Ruhe lassen. Daraufhin hatte auch er den Kopf zur Seite gedreht, wenn sie sich begegnet waren.)

40. Ludmilla im Bettchen. Sanft. Süße Wogen aus weißer Haut, Wärme im Mund. Die Nase ruht in weicher Buchtung. Ruht schnuppernd. So trinkt Ludmilla Milch.

41. Schon beim kurzen Schließen der Augen fühlt Gustav, daß ihn eine Kraft hinter der Stirn zu Boden zieht. Sein Bein schmerzt. Er riecht den Wein aus dem Glas, das vor ihm auf

dem Tisch steht, eine Stimme dringt an sein Ohr. Er hört folgendes: Er, Gustav, sei früher der Geselle des Tischlers gewesen, ja, sogar der des Vaters des Tischlers, bis er infolge einer Unachtsamkeit vier Finger verloren habe. Damals habe der Tischler noch mit dem Bestatter zusammengearbeitet und Särge gezimmert, sagt die Frauenstimme. Er habe jedoch schon getrunken, als er noch gearbeitet hätte, fährt sie fort. Oft genug habe er in selbstgezimmerten Särgen seinen Rausch ausgeschlafen (dadurch könne er sich im Nachhinein vorstellen, wie es sei, tot zu sein). Morgens sei er dann vom Tod oder besser vom Scheintod »auferstanden«, anfangs von der Umgebung und seinem Nachtlager befremdet, später habe er in Wirtshäusern damit geprahlt und sich nicht selten mit geschlossenen Augen und verschränkten Händen auf einen Tisch gelegt und vorgeführt, welche Haltung er im Schlaf einnehme.

42. Die gelbe Tür springt auf und sechs Soldaten schleppen einen Kameraden, dem das Blut über das Gesicht läuft, die Treppen hinunter, halten an, kehren über die Treppe zurück in das Haus, stoßen dort wiederum die Tür auf und tragen den Soldaten neuerlich über die Stiege. Ohne einen Klagelaut von sich zu geben, verdreht der Verwundete die Augen. Hinter ihnen laufen die Hühner, um das Blut vom Boden aufzupicken. Kaum hat der hastige Zug die Straße erreicht, als er abermals kehrt macht und in das Haus zurücktaumelt. Polternd öffnet er die Tür, arbeitet sich mit Ellbogenstößen und scharrenden Stiefeln in den Flur, um sogleich wieder in das Freie hinauszuwanken. Dort beschreibt er einen Kreis, der ihn auf kürzestem Wege wieder zu den Stiegen führt, welche er rasch erklimmt, worauf er im Haus

verschwindet. Lustlos stochert die Greisin im blauen Suppentopf.

43. »Diese Fliegen«, flucht Schauer ... Im Marmeladenglas hat sich eine schwarze Schicht von Insektenkörpern angesammelt. Zuhauf liegen sie zwischen den Fenstern, auf dem Fußboden, in den Winkeln. Schwärme umsummen seinen Kopf, lassen sich auf dem Tisch nieder und lecken an den Eierschalen und Brotkrümeln, an Milchtropfen und Wursthäuten. Abwesend fängt er sie im Flug oder vom Handrücken. Wenn die Fliegen, wie man behauptet, tote Seelen wären, könnten sie nicht so hartnäckig und zahlreich in diesem leblosen Haus auftreten, denn was würden sie schon hier zu finden hoffen.

44. Die Witwe Oswald hat den Landstreicher wahrgenommen, noch bevor er sie gesehen hat. Er läuft die Straße entlang mit eigentümlich auffälligen Armbewegungen, so als rudere er in rasender Eile ein Boot. Den Hut hat er tief in die Stirne gezogen, sein weißer Atem stößt heftig hervor. Plötzlich hält er an und geht auf die Witwe zu, von den Hochzeitsgestecken geschmückt wie ein berufsmäßiger Trauzeuge. Zu ihrer Überraschung spricht er sie in einer tierischen Lautsprache an, von der sie nichts verstehen kann. Dabei reißt er den Mund so weit auf, daß sie eine Wunde auf seiner Zunge sieht. An der Innenseite seines Mantels, den er geöffnet hat, hängen an Lederschlaufen verschiedene Werkzeuge: Ein Hammer, eine Zange, eine Säge.

45. Den ganzen Vormittag über hat der Landstreicher, im Schneetreiben von Haus zu Haus wandernd, gefroren. Noch

ehe er jedoch seine Dienste hatte anbieten können, etwa eine kleine Reparatur vorzunehmen, eine Pfanne zu flicken, den Ofen zu kehren, hatte man ihm die Tür gewiesen. Am frühen Morgen war er auf der Brücke gestürzt und hatte sich an der Zunge verletzt, so daß er vor Schmerzen nicht in der Lage war zu sprechen. Nun will er unter ein Dach kommen oder etwas zu essen. Aber, so fällt ihm gleich ein, gewohnheitsmäßige Kirchengängerinnen sind das Fasten gewohnt. Er öffnet den Mantel und will sich antragen, jede gewünschte Arbeit auszuführen, da

46. Der ältere der beiden Brüder, die in dasselbe Mädchen verliebt sind, verharrt unentschlossen im Gehöft des Mädchens. Was steht in dem Brief, den sein Bruder ihm aufgetragen hat zu übermitteln? Überdies soll er auf eine Antwort warten. Das ist leicht gesagt, aber schwierig auszuführen, denn der Vater des Mädchens, ein Einbeiniger, ist ein jähzorniger Mann mit einem ebenso jähzornigen Hund, der schon zahlreiche Bewohner der Gemeinde gebissen, einige davon sogar schwer verletzt hat, denkt er, während er in einen Apfel beißt. In diesem Augenblick öffnet das Mädchen die Tür, und der Hund schießt zwischen ihren Beinen hindurch auf den älteren der Brüder zu und wirft ihn, indem er ihn anspringt, knurrend zu Boden.

47. »Die Menschen sprechen hier wenig oder gar nicht.« Der englische Offizier rückt näher an Elch heran. »Ich wiederhole, wir dürfen nur wenig sprechen – sonst erwecken wir Mißtrauen. Ich, als in Not geratener ausländischer Oberst, muß überhaupt schweigen, so daß es Ihnen überlassen bleibt, die Sachlage darzustellen. Indem Sie angeben, ich

sei auf Besuch im Dorf gewesen und müsse dringend abrei-
sen, da mein Vater in Großbritannien erkrankt sei, öffnen Sie
den Musterkoffer und zeigen die Ware vor. Hierauf erklären
Sie, daß die Wäsche und die Decken mein Eigentum seien,
das ich nun in aller Eile zu verkaufen wünschte.« Der Offizier holt eine Orange aus dem Rockärmel, schält sie ab und
hält Elch eine Spalte hin. »Schließlich nennen Sie den Preis,
wobei Sie betonen, daß mir, infolge der Umstände nichts
anderes übrigbleibt, als meinen Koffer als Draufgabe zu ver-
schenken.« Elch nickt und startet den Wagen. »Das wichtig-
ste«, fährt der Offizier fort, »ist, daß Sie überzeugend
wirken und gleichzeitig rasch zu einem Abschluß kommen.
Wie ich die Angelegenheit notfalls beschleunige oder zu einem Ende führe, überlassen Sie mir.«

48. Endlich kommt der Bäcker in den Hof gefahren. Karl, der
sich den Vormittag über versteckt und das Gewehr mit der
Bemerkung an sich genommen hat, er suche nach Fuchsspu-
ren, war auf dem Heuboden gesessen und hatte sich vorgestellt, wie der Bäcker seine Frau verführt hatte. Unten, im
Hof, hat das Fahrzeug angehalten, zuerst einen Halbkreis be-
schrieben und rote Spuren in den Schnee gezeichnet. Karl hat
zugleich nach der Flinte gegriffen und sie durch die Luke zwischen die Bretter geschoben. Aus dieser Entfernung würde es
den Kopf des Bäckers mit Sicherheit vom Rumpf reißen.
Langsam öffnet sich die Autotür, und zuerst erscheinen ein
Paar Stiefel, dann folgt, in einen grauen Mantel gekleidet, der
Bäcker. Er blickt sich um und läuft dann zu Karls Überraschung hinter den Misthaufen, wo er seine Notdurft verrichtet. (Karl kann seinen nackten weißen Hintern sehen und
den Kopf, der sich spähend umschaut.)

49. Der Bäcker hat ein ungewohntes Gefühl der Unruhe. Was beunruhigt ihn daran, hinter dem Misthaufen seine Notdurft zu verrichten? Kann man ihn sehen? Beobachtet ihn jemand aus dem Stall oder dem Wohnhaus? Seit er die Frau des Landwirts verführt hat, hat er ein beklemmendes Gefühl, wenn er auf den Hof kommt. Warum tritt niemand aus dem Haus?

50. Jeden Tag geht Josef der Mesner zweimal zur Kirche: zur Frühmesse und zur Abendmesse. Dann läutet er die Kirchenglocken. Ist aber jemand gestorben, so macht er sich, sobald er Zeit findet, auf den Weg, um die Zügenglocke zu läuten. Er sperrt den Glockenturm auf, löst das Seil und blickt nach oben.
Schon läutet die Zügenglocke.

Nachmittag

1. Wenn der Bestatter seinen Dienst versieht, führt dessen Frau die Besucher durch das Museum. Sie findet wenig Gefallen an Erklärungen. Wortkarg, manchmal mürrisch, weist sie auf die Gegenstände: auf Klaviere, Beichtstühle, Werkzeug, auf Bilder, Musikinstrumente und Uhren. Vor dem Orchestrion hält sie an und zeigt auf die rote Madonna, als erübrigte sich jede weitere Ausführung, holt eine Handkurbel, deutet auf das gelbe Kind im Arm des Bildnisses, das – ebenso wie die Madonna – vom Bestatter, als er die Farben erneuerte, in seinem Aussehen verunstaltet wurde, schließt die Kurbel an einen Metallzapfen und beginnt zu drehen, begleitet von einem Aufziehgeräusch, das sofort an das Ineinandergreifen von Zahnrädern denken läßt. Sodann setzt sie die Kurbel ab und legt einen Messinghebel um. Nun erklingt langsam und ungelenk die mechanische Musik des Orchestrions, strömt aus Madonna und Kind und hallt durch den waschküchenartigen Raum. Diese Musik hat für die Besucher nichts Lächerliches, sondern etwas Ergreifendes. Und wie um die Zuhörenden noch mehr zu beeindrucken, öffnet die Mutter des Bestatters die Schranktür des musikalischen Automaten und läßt sie einen Blick in das Innere der Madonna werfen. Da dreht sich eine Nadelwalze, da schlagen mit Filz überzogene Hämmer auf gespannte Trommelfelle, da stampfen Tschinellen blechern aufeinander, da zupfen zangenförmige Vorrichtungen an metallenen Saiten. Und äch-

zend spielt die Madonna ihr Lied solange, bis sich die Aufziehfeder entspannt.

2. Aber versieht Dominik, der Leichenbestatter, wirklich seinen Dienst? Hat er die verstorbene Sonntagsorganistin schon in den mitgeführten Sarg gebettet? Geschwätzig sitzt er in der Gaststätte und erzählt Stühlen, Tischen und Wänden seine Abenteuer. Der Gehilfe wartet auf dem Vordersitz des Leichenwagens, der vor der verschneiten Kegelbahn abgestellt ist, und bewacht den Sarg. Ja, ruft der Leichenbestatter, die ganze Welt interessiert sich für seine Erfindung, jedermann wünscht, von ihm mumifiziert zu werden! Zu diesem Zweck muß seit seiner epochalen Erfindung kein Leib mehr geöffnet, »weder Speise noch Trank aus den Eingeweiden entfernt werden«. Wie im Leben sähen die Verstorbenen aus. Man könne sie hinter Schreibtische setzen oder auf Kanzeln stellen und jede gewünschte Körperhaltung einnehmen lassen. Es sei nur eine Frage der Zeit, stellt der Leichenbestatter fest, bis auch die »höchsten Herrn« sich an ihn wenden und ihn um Hilfe ersuchen würden.

3. Der Ballsaal ist ein großer weißer Raum mit mehreren Reihen langer Tische, die von Stühlen umstellt sind, einer Tanzfläche und zahlreichen Fenstern, durch die man unter anderem einen Blick auf die Kirche werfen kann, was der Wirt, geschützt durch den Vorhang, den er nur einen Spalt breit zur Seite zieht, schon häufig getan hat, um festzustellen, wieviel Gäste er zu einer Hochzeit, nach einem Begräbnis oder einer Prozession erwarten kann. Er hält ein leintuchartiges Tischtuch auf der einen Seite, das andere Ende schwingt seine Frau in die Luft, und flatternd wie ein

zu großer Brautschleier, der vom Wind gebauscht in die Luft wirbelt, schnalzt es in die Höhe, um daraufhin sanft auf den Tisch zu gleiten. Verwundert stellt der Wirt fest, daß er zum zweiten Mal an seine Hochzeit denkt. Er sieht die Brautjungfern in den Saal strömen, junge Mädchen mit Zöpfen, die Spuren von Schlachtblut auf ihren weißen Kleidern haben, sie tragen Hochzeitsgeschenke mit sich: Hühner, Hähne, Hasen und Gänse, Teile von Schweinen, Früchte, Mais und Beeren, legen die Gaben auf den Tisch und laufen im Kreis. Hierauf kommt der Schwiegervater in Hut und Anzug auf den Händen durch die Saaltüre, die goldene Kette mit der Uhr baumelt vor seinem Gesicht. Nachdem die Schwiegermutter von den Trauzeugen auf einem Bett hereingetragen wurde, erscheint die Braut. Die Frau des Wirts hat inzwischen begonnen, die Servietten auf das Tischtuch zu legen, während der Wirt das klirrende Besteck austeilt.

4. Sobald der 107-jährige General mit dem Fernrohr in das Spiegelsystem blickt, sieht er von allen Seiten nur noch sein Gesicht, und zwar auf eine so vervielfältigte Weise, daß es wie ein Muster wirkt. Diese Summe von Nasen, Augen, Glatzköpfen, Lippen und Kinnladen spiegelt sein eigenes Aussehen wider. Wie in einem Planetarium sitzt der General da, unter dem Sternenhimmel der eigenen Gesichter, die sich ineinander vermischen. Dann wiederum richtet er das optische Gerät auf den Friedhof, wo aus dem Grab für die Sonntagsorganistin in unregelmäßigen Abständen die Schaufel des Totengräbers mit Erde auftaucht. Vogelschwärme lassen sich, das kann der General erkennen, im Grab nieder, fliegen auf und senken sich wieder, gerade so als kümmerten sie sich wenig darum, daß sie verscheucht

werden. Diese Vogelschwärme sind um so bemerkenswerter, als sie aus den verschiedensten Arten bestehen. Mit den Schnäbeln ineinander verhakt jagen sie sich gegenseitig Nahrung ab, wenngleich sie eher den Eindruck erwecken zu spielen.

5. Es wäre ein leichtes gewesen, denkt Karl, dem Bäcker beim Verrichten der Notdurft das Leben zu nehmen. Statt dessen hatte der Eifersüchtige das Gewehr (da plötzlich die Totenglocke im Ort zu läuten begann), auf einen Holzpfosten gelegt und seinen Widersacher zu Boden gestoßen. An seinen Händen trägt Karl jetzt dicke Lederfäustlinge, die ihm etwas Klobiges geben. Als er die kistenförmige Vorrichtung erreicht, die von oben durch eine Wippschaukel abgeschlossen ist, über welche die Ratten (wenn sie diese betreten, um den aufgelegten Köder: ein Stück Speck oder Käse zumeist, zu fressen) in die Falle stürzen, bückt er sich hinunter, um zu lauschen. Wie erwartet hört er das Kratzen eines gefangenen Tieres. Entschlossen fährt er mit dem Handschuh in die Falle, faßt die Ratte und preßt ihren Körper zusammen. Er führt diesen Griff nicht etwa im Bewußtsein aus, eine Grausamkeit zu begehen, vielmehr mit jener Sachlichkeit und Teilnahmslosigkeit, mit der er eine Weintraube pflückt oder einen Maiskolben erntet.

6. Schon längst hat der Landarzt sich entschlossen, seinem Leben ein Ende zu setzen. War er anfangs im Zweifel, auf welche Weise er es tun würde, so denkt er in letzter Zeit immer häufiger daran, sich zu erschießen. Unter dem Küchentisch steht die Zweiliterflasche mit Schnaps, aus der er regelmäßig, da ihm die Nüchternheit der unerträglichste

Zustand ist, einen Schluck nimmt. Diese innere Bereitschaft, immer dazusein für andere, hat ihn allmählich zermürbt, besonders als er sich darüber klar geworden war, daß es eigentlich keine Bereitschaft ist, sondern ein Zustand des Wartens. Häufig schreibt er Briefe, die er in den Ofen wirft. Draußen im Schneegestöber nähert sich ein Mann.

7. Während der Bäcker die letzten Schritte auf das Haus zu macht, greift er in den Schnee und preßt eine Hand voll gegen die schmerzende Nase, von der aus eine Lähmung und Gefühlsabtötung über das gesamte Gesicht läuft. Von der Nasenwurzel bohrt sich der schrille Schmerz auch in sein Gehirn, der Verletzte spürt die Wangen und die Oberlippe schon nicht mehr, eines seiner Augen, das rechte, ist geschwollen. Da das Blut auf seine Kleidung tropft, legt er – als er das Haus betritt – den Kopf zurück in den Nacken, denn er will nicht auch noch den Boden beschmutzen. In dieser Haltung stürzt er, nachdem er die Tür zur Küche geöffnet hat, vornüber in den Raum.

8. Noch immer im Mantel (den Hut hat er auf einem Stuhl abgelegt), sammelt der Landstreicher Bücher, Papiere, Kleidungsstücke vom Boden auf und reicht sie der Schwester der Toten. Diese ordnet sie zurück in Schränke und Regale, kehrt Scherben in der Küche auf und schließt die Fenster. Kaum haben sie die Arbeit beendet, als die Bilder an der Wand schief hängen, der Wasserhahn sich öffnet, das Tischtuch durch den Raum schwebt, ein Stuhl und ein Pelzmuff der Toten durch die Luft treiben, kleine Flammen an den Vorhängen züngeln und grelles Licht durch den Türspalt vom Zimmer der Toten drängt. Der Landstreicher erstickt

die Flammen, fängt den Pelzmuff, das Tischtuch und den Stuhl aus der Luft, richtet die Bilder zurecht und schließt den Wasserhahn, sodann tritt er in das Aufbahrungszimmer, wo er seine Augen, mit dem Ellbogen schützend, abdeckt. Er greift nach der Bettdecke und zieht sie über das Gesicht der Verstorbenen.

9. Zuerst hat die Schwester der Toten dem Fremden vor ihrer Tür mißtraut, dann aber ist ihr klar geworden: Was würde er in einem Totenhaus vorhaben? Durch seine Anwesenheit entsteht – sie kann es sich selbst nicht erklären warum – eine neue Turbulenz der Dinge, an der sie insgeheim glaubt, selbst Schuld zu sein. (Sie fühlt sich zu dem Mann auf eine Weise hingezogen, die sie willenlos macht.) Im selben Augenblick, als es im Haus dunkel wird, drückt ein Luftzug die Eingangstür ein und treibt wirbelnde Schneeflocken durch die Zimmer. Das geborstene Holz poltert zu Boden, eine Fensterscheibe zerbricht, nun ist der Überzug des Sofas von blühenden Schneeglöckchen bedeckt.

10. »Da stürzte mein Vater auf mich zu«, schreibt der Sohn des Bienenzüchters weiter, »riß die Bienenkönigin von meinem Hals und warf sie zurück in das Magazin. Augenblicklich wurde ich am gesamten Körper gestochen. Mein Vater steckte mich mit dem Kopf voran in den Stock und schüttelte die Bienen ab. Ich schrie auf, schloß aber den Mund sofort wieder, um nicht an einem Stich zu ersticken. Mit einer Feder, die mein Vater in der Hand hielt, wischte er die übrigen Bienen von mir ab, ich spürte schon, wie mein Gesicht und meine Arme anschwollen. Meine Lippen quollen

auf, sogar unter den Haaren schwoll meine Haut. Mein Vater riß mir – nachdem er mich vor den Spiegel gesetzt hatte, damit ich mir auch selbst helfen konnte –, Stachel um Stachel heraus, um zu verhindern, daß noch mehr Bienengift in meinen Körper gepumpt würde; allein ich war schon zu einem unförmigen Fleischklumpen geworden, mein Gesicht war derart verunstaltet, daß ich mich selbst nicht mehr erkannte.«

11. Als er die Küche betritt, findet der Briefträger anstelle des gefesselten Doppelgängers nur einen Haufen abgewickelter Verbände, der achtlos und in Eile hingeworfen auf dem Teppich liegt. Was hat der Doppelgänger vor? Hat er sich im Haus versteckt? Ist er geflüchtet? (Kommt er wieder zurück, so will ihn der Briefträger überraschen.) Der Briefträger entledigt sich seiner Uniform, legt sie sorgfältig zusammen, die Hose Bügelfalte über Bügelfalte, die Jacke Ärmel über Ärmel, setzt sich auf den Stuhl und beginnt, sich mit den Verbänden, die vor seinen Füßen liegen, zu fesseln … denn wenn er selbst der Doppelgänger sein sollte, dann will er diesen fesseln und sich, der womöglich im Postgebäude Briefe abstempelt, in Sicherheit bringen. So denkt er, während er seine nackten Füße an das Stuhlbein bindet und seinen Kopf einwickelt, bis er immer mehr einer Mumie und immer weniger sich selbst ähnelt.

12. »Wer ist es?«, ruft Stölzl in seinem Grab, »für den man die Zügenglocke läutet? Für wen wird ein Grab ausgehoben?« Er hört den Schnee fallen und die Elstern schwatzen. »Bist Du's, Martha, die uns jeden Sonntag mit der Orgel traktierte? Bist Du's, für die ich einen Kanarienvogel kaufte

und seidene Unterwäsche und eine silberne Uhr, die mir
Josef der Mesner zurückerstattete?«

13. Die erste Elster: Hörst Du, Stölzl, den Erfrorenen …
Die zweite Elster: Liegt steif da, wie ein Eiszapfen –
Die erste Elster: Und kann unsere Sprache nicht verste-
hen –
Die zweite Elster: Grölt besoffene Verse –
Die erste Elster: Als wollte er den Totengräber verspot-
ten.
Die zweite Elster: Stramm wie ein Hauptmann und sehn-
süchtig wie ein Täuberich …
Die erste Elster: Man möchte meinen, er hat nichts Besseres
zu tun, als ein Blasinstrument an Lautstärke zu übertref-
fen.
Der Totengräber (taucht aus dem Grab auf und wirft einen
Stein nach den Vögeln).

14. Nachdenklich schreitet der Gendarm durch das Dorf. An
seiner Hüfte spürt er die Pistole, wie einen Fremdkörper. Im
Grunde muß er alle verachten: Hat er nicht schon in jedem
Haus Streitende getrennt, Auskünfte eingeholt, eine Fest-
nahme ausgesprochen? – Er biegt in die Seitenstraße zum
Bahnhof ab. Um das Lagerhaus ist kein Fahrzeug abgestellt,
die Schienenstränge verlieren sich im nebligen Schneetreiben, auch die Fenster der Kanzleistube sind nicht erleuchtet.
Im Wartesaal trifft er zu seinem Erstaunen einen Reisenden,
der sich von der Bank erhebt und mit dem Koffer in der Hand
auf ihn zutritt. (Er trägt einen dunkelblauen Ulster, in dem
sich die Feuchtigkeit des Schnees gesammelt hat, welche in
Form von blauem Wasser zu Boden tropft.)

15. Josefine hört für einen Augenblick auf, den Strumpf zu nähen. Es ist nicht das erste Mal, daß sie glaubt, jemand rufe sie. Sie hört das Rauschen ihres Blutes, das Klopfen ihres Herzens. In der Nacht kommt es vor, daß sie mit dem Wesen in ihrem Leib spricht. Sie legt die Nadel und den Strumpf zur Seite und tritt vor die Tür, um die Schneeluft zu atmen. Als sie zurück in das Haus tritt, ist ihre Schürze zu Messing geworden, und bei jedem ihrer Schritte klingt es, als läute eine Glocke.

16. Bei der Beichte hat die Witwe Oswald nichts zu sagen gewußt. Ihren Unglauben wagt sie nicht zu gestehen, ebensowenig, daß sie sich ihre Erscheinungen nur ausgedacht hat. Also hat sie auch ihre Sünden erfunden. Anfangs log sie nur mit Überwindung, aber je länger ihr »Geständnis« dauerte, desto leichter fiel es ihr. Schließlich empfand sie eine eigentümliche Lust, sich mit ihren erfundenen Sünden hervorzutun. Und wenn nun dieser seltsame Landstreicher wirklich eine Erscheinung war? Vielleicht hatte er auch etwas mit dem Tod der Sonntagsorganistin zu tun? Draußen schiebt der Abdecker einen Karren vorbei, auf dem unter einer Zeltplane ein Tierkadaver liegt.

17. Es ist merkwürdig, vom Glashaus aus das Schneetreiben zu beobachten. Einerseits scheint es – schaut man lange genug gegen den Himmel –, daß man sich von der Erde löst und fortlaufend in die Luft stürzt, andererseits fühlt man sich wie ein winziges Lebewesen, das von einem gläsernen Panzer geschützt wird. Dazu kommt noch der Gegensatz von Gefrorenem, Kaltem und Abgestorbenem (Außen) und dem Blühen, Wachsen und der Wärme

(Innen). Zärtlich berührt die Gärtnerin die Stengel der Pflanzen.

18. Neugierig und mit dem Lauf des Gewehres, schiebt der Jäger die Katze hinter dem Holzverschlag hervor. Er holt einen Kunststoffbeutel aus dem Rucksack, verstaut das Tier und überlegt. Soll er es den Gendarmen abliefern? Schon seit jeher fürchtet man sich in diesem Landstrich vor der Tollwut. Schließlich schlägt er den Weg zum Doktor ein. Unterwegs, als er an Bienenmagazinen vorbeikommt, die durch einen Erdhügel vor Unwettern geschützt sind, holt er den Schlüssel aus seinem Hosensack und klopft damit an das Magazin, sodann berichtet er vom Tod der Sonntagsorganistin und der Katze, die er gefunden hat.

19. Während der jüngere der Brüder in seinem Zimmer einen Pappkoffer für das Militär packt, errichtet der ältere im Garten eine Figur. An ein Holzkreuz nagelt er Tannenzweige, die Hände und Kopf darstellen, darüber zieht er das Ballkleid der verstorbenen Mutter aus weißem Tüll (mit Rüschen über der Brust und Puffärmeln). So und nicht anders kann er dem jüngeren Bruder mitteilen, daß er das Mädchen, in welches sie beide verliebt sind, als dessen Braut betrachtet. (Würde er die Figur aber in einen der Obstbäume hängen, so hieße es, daß er seinen Bruder verspottet.)

20. Manche Menschen haben, darüber kann kein Zweifel bestehen, den bösen Blick. An bestimmten Tagen, an denen sich die Köchin des Pfarrers besonders anfällig gegen den bösen Blick glaubt, insbesondere wenn ein Todesfall das Dorf heimgesucht hat, verläßt sie das Haus bis zum Ein-

bruch der Dunkelheit nicht, um sich nicht dem Einfluß übelwollender Blicke von Fremden auszusetzen. Und immer wieder erscheinen Unbekannte für kurze Zeit und ohne bestimmte Absichten in dieser Gegend. Besonders gegen lobende oder rühmende Äußerungen von Fremden hegt sie einen starken Widerwillen, denn Lob ist geeignet, Neid zu erwecken, und dieser Neid würde sich über den bösen Blick fortpflanzen. Hat sie den Verdacht, vom bösen Blick getroffen zu sein, so schluckt sie drei Mund voll Wasser, in dem eine Silbermünze gelegen hat.

21. Auf dem Tisch den Rumpf des Schweines vor sich, schneidet der Schlachter Knochen und Fleischteile heraus und wirft sie in bereitgestellte Körbe. Überall auf dem Boden stehen solche Behälter, Fässer, Schüsseln und Bottiche mit frischem Fleisch, das mit Leintüchern zugedeckt ist. Dazwischen schlafen die gesättigten Hunde. Niemand von den Anwesenden kümmert sich um die Kinder, die unter der Eckbank an rohem Fleisch und Knochen nagen, obwohl ihre Schmatz- und Sauggeräusche deutlich zu hören sind.

22. Im schwarzen Anzug, das Haar gewaschen, eine Krawatte um den Hals gebunden steht der Landwirt S. im Schlafzimmer und wartet darauf, daß es Abend wird und die Totenwache beginnt. Er darf nicht mit sich sprechen, denn seine Freude über die zu erwartende Erbschaft könnte ihm schaden. Er sucht den Hut aus schwarzem Filz, nimmt das Gewehr vom Haken und setzt sich auf einen Stuhl. Vor der Zimmertür warten Hund, Kinder und Tante auf sein Erscheinen.

23. Jetzt, nachdem der alte Mautner vom Tod der Sonntagsorganistin erfahren hat, ist er mit anderem beschäftigt, als
sich die Kleidung verkehrt anzuziehen. Auf keinen Fall ist es
erlaubt, bis zum Begräbnis kleine Kinder zu messen, durch
das Fenster zu heben oder über sie hinwegzuspringen, da sie
sonst nicht wachsen. Zwischen seinen Knien hat er den
Korb geklemmt, an dem er flicht.

24. Der Gehilfe des Bestatters kann vom Leichenwagen aus
in den Kuhstall sehen. Im Kopf der Kuh sieht er eine Pflanze
wachsen, der grüne Brei wälzt sich durch den Pansen. Doch
wer will das Erstaunen, die Beklemmung und das Erschrek-
ken des Gehilfen beschreiben, als er erkennt, daß der schla-
fende Landarbeiter in der Ecke von ihm träumt?

25. Auch die alte Resch träumt in ihrem Bett. Nachts kann
sie nicht schlafen, dann schmerzt ihr Herz und sie befürchtet
zu sterben, ohne daß jemand davon Kenntnis hat. Im Traum
geht sie durch ein Haus, in dem sie ihre Kindheit verbracht
hat. Alle Gegenstände sind noch an ihrem Platz, wie sie es
erwartet hat. Auf dem Tisch liegt ein Laib Brot und ein
großes Messer, die Sense steht in der Gerätekammer, die
Küchenuhr tickt an der Wand.

26. Noch immer am Küchentisch sitzend und mit den Fliegen beschäftigt, indem er sie entweder zu fangen versucht
oder ihr Sterben auf dem Fliegenfänger beobachtet, fällt
Schauer ein Geräusch auf, das er zwischen dem gemauerten
Herd und seinem Bett wahrzunehmen glaubt. Und wirklich
bricht ein Maulwurf durch die Bodenbretter, zuerst ist nur
ein Häufchen Erde zu bemerken, das in regelmäßigen Wel-

len anwächst, dann erscheint eine Pfote, schließlich der Maulwurf selbst, ein fettes schwarzes Tier ohne Augen.

27. L., der in der Stadt arbeitet, hat die Bilder zum Trocknen auf eine Schnur gehängt. Im Schein des roten Lichtes betrachtet er Grasbüschel, die mit Rauhreif überzogen sind, gesprungene Erde, plattgedrückte Frösche und den Salamander. An langen Sonntagen hat er die Gegend durchstreift und Schneckenhäuser, Teichmuscheln und Vogelfedern fotografiert auf der Suche nach den geheimnisvollen Farben. Er suchte sie im Schnee und im Wasser der Karpfenteiche, in den Blüten der Bäume und in Grashalmen. Einmal fand er im Bach die Leiche des erfrorenen Stölzl, nur der Kopf ragte aus dem Wasser.

28. Vor dem Bürgermeister liegt das Grundbuch und die Mappe mit den Gesuchen, in der er blättert. Draußen sieht er auf dem Traktor von Planen geschützt einen Mann und eine Frau über die menschenleere Landstraße fahren. Dieser Zirkus! Solange der Schnee liegt, kann der Bürgermeister nicht so verfahren, wie er will. Denn wer könnte schon bei Kälte und Schneefall die Anordnung treffen, das Winterquartier aufzulösen und weiterzuziehen. So aber ereignen sich merkwürdige Dinge, die die Dorfbewohner verstören und erschrecken. Stirbt an einem Tag der Löwe, so kommt der Direktor am anderen zum Abdecker und will ihm das Fell verkaufen. Dann wiederum versammeln sich vor dem verlassenen Bauernhof, in dem der Zirkus sein Quartier aufgeschlagen hat, alle Narren der Umgebung und werden in Kunststücke einbezogen, mit denen der Zirkusdirektor die Bevölkerung unterhält (um sie geneigter zum Spenden

zu machen). Ein andermal sitzen die Narren wie Hühner im Stall auf Stangen und lassen sich gegen Bezahlung begaffen. Dann wiederum erscheinen zwei schwarz gekleidete Riesen im Dorf und nehmen im Wirtshaus ein Zimmer, weil sie im Frühling mit dem Zirkus weiterziehen wollen. Schließlich fehlt dem einen Landwirt plötzlich ein Huhn, dem anderen eine Gans, dem nächsten ein Truthahn, dem vierten ein Hase. Auch Schweine und Kälber verschwinden, Fleisch verschwindet aus Selchkammern, Mostfässer verschwinden aus Kellern und Kisten mit Äpfeln, es verschwinden Katzen und Hunde, Schränke und Stühle, Bilder und Vorhänge, Gläser und Teller. Doch niemals wird auch nur eine Spur gefunden. Weder die Spur eines Stiefels, noch eines Schuhs, noch eines Reifens. Und obwohl jedermann weiß, wer die Ursache für das Verschwinden von Tier und Mobilar, von Obst und Ziergegenständen ist, wagt niemand, sich öffentlich zu beschweren. Nun aber häufen sich Briefe auf dem Tisch des Bürgermeisters, die ihn beschimpfen und auffordern, gegen den Zirkus vorzugehen.

29. Stumm sitzt der Pfarrer im Beichtstuhl. Er betet nicht mehr, wenn er allein ist, nur wenn seine Pflicht es ihm vorschreibt, sagt er automatisch die Worte herunter, ohne ihnen eine Bedeutung beizumessen. Von Nierensteinen geplagt, ein Katzenfell um die Lenden gewickelt, wartet er auf die ihm anvertrauten Gläubigen, die jedoch, bis auf zwei oder drei, nicht den Beichtstuhl betreten. An den Tagen, an denen der Pfarrer die Beichte abnimmt, ist die Kirche noch leerer als sonst, da sich niemand, der nicht die Absicht hat zu beichten, nur durch die bloße Anwesenheit des Pfarrers zum Beichten verleiten lassen will. Darüber ist der Pfarrer seiner-

seits froh, denn er glaubt nicht daran, was die Dorfbewohner ihm erzählen. Zudem hat er das Gefühl, selbst bald zu sterben. »Längst weiß ich«, denkt er, »was die Menschen bewegt. Wenn sie sprechen, tun sie es nur, um davon abzulenken, was in ihnen vorgeht. Häufig sagen sie das Gegenteil dessen, was sie denken, nicht aus Not etwa, sondern aus Gewohnheit. Würde man sich nach dem Gesprochenen richten, es womöglich glauben, gliche man bald einem Verirrten im Walde oder einem Vogel, der an einer Leimrute klebt.«

30. Da stürmen die lauten Kinder aus der Küche in das Zimmer der alten Frau, heben sie aus dem Bett und legen sie auf den Fußboden. Sodann öffnen sie das Fenster und springen lachend und kreischend, jedoch mit zielsicherer Geschäftigkeit aus dem Fenster in den wirbelnden Schnee.

31. Der bislang schweigende englische Offizier tritt plötzlich einen Schritt neben dem Wagen vor und spricht die Umstehenden in seiner Muttersprache an. Schon die ganze Zeit über, während sein Begleiter den Koffer mit Bettwäsche und Decken angeboten hat, hat der Offizier, nicht zuletzt wegen seiner unbekannten Uniform und seinem strengen Gesicht, alle Blicke auf sich gezogen. Nun aber, da er in einem ruhigen, jedoch keinen Widerspruch duldenden Tonfall spricht, würde es niemand wagen, die beiden Fremden vom Hof zu schicken, ohne auf ihr Angebot einzugehen. Im Gegenteil bemüht man sich, ihnen auch noch einen zweiten Koffer abzukaufen und sie mit guten Ratschlägen zu versorgen, bei welchem der Höfe sie mit einer ebenso freundlichen Aufnahme rechnen könnten. Zum Abschied

nimmt der englische Offizier eine Zeitung aus seiner Brusttasche, faltet sie, bis sie die Größe eines Briefumschlages angenommen hat, wirft sie in die Luft und hält anstelle der Zeitung, was jedermann in Erstaunen versetzt, bunte Tücher in der Hand, die er verteilt.

32. Einmal, droht der Witwer Ranz, werde er sich erhängen. (Doch je öfter er seine düstere Prophezeiung ausstößt, desto häufiger nickt man bloß zu seinen Worten, ohne ihm zu widersprechen.) Oben auf der Tenne seines Hofes hängt ein Strick von einem Balken, zu dem eine Leiter führt. Es ist keine Seltenheit, daß der Witwer sich die Schlinge um den Hals legt und so lange wartet, bis in ihm der Entschluß reift, sich von der Leiter fallen zu lassen. Ja, wenn ihn nicht sein hölzernes Bein daran hinderte! So aber ist er zu langsam für seine Entschlüsse. Eben noch stieg er zur Tenne hinauf, eben noch legte er das letzte Stück auf der Leiter kletternd zurück, da bemerkte er schon, wie er mit jeder Bewegung schwankend wurde, und gerade, als er sich die Schlinge um den Hals legte und nichts als Stille hörte oder das Klatschen von Regentropfen aus der Dachrinne oder das dumpfe Schlagen der Rinderhufe im Stall, fragte er sich, was er wollte. So pilgert er Tag für Tag auf die Tenne, einmal morgens, dann nachmittags, legt sich die Schlinge um den Hals und klettert, nachdem er eine Zeit gewartet hat, wieder zurück in den Hof.

33. Und Ludmilla im Bettchen? Häubchen über die Ohren gezogen, die Finger vor den Augen. Spielende Finger, winzige Fingerchen, sanftes Getier.

34. Jetzt, wo Gustav vom Tod der Sonntagsorganistin weiß, träumt er vom eigenen Tod. Hinter dem Brunnen liegt der Sarg voll Wasser, in den man ihn legen wird. Wie einen Karpfen wird man ihn drei Tage schwimmen lassen, bevor man ihn zum Friedhof trägt.

35. Es ist besser für einen Entmündigten, die Schweine zu füttern, als sich zu ängstigen. Doch kaum der bedrohlichen Lage in seiner Kammer entronnen, die einzustürzen und ihn zu den Schweinen zu befördern drohte, hat er sich womöglich in eine noch größere Gefahr begeben. Denn die Schweine, die, oberflächlich besehen, friedfertige Tiere sind, haben von jeher etwas Bestienhaftes an sich. Von mehr als tierischer Intelligenz sind sie zugleich auch von einer größeren Grausamkeit als andere Tiere. Sie fressen Ratten, die sich in ihre Koben verirren, Hühner, die von der Stange fallen, ja, man hörte sogar schon, daß Menschen plötzlich und aus zunächst unerklärlichen Gründen verschwunden waren, bis sich aufgrund der Aussagen von Dienstboten, Nachbarn oder Familienmitgliedern herausstellte, daß die betreffenden zuletzt beim Betreten eines Schweinestalles gesehen wurden. Sofortige Nachforschungen ergaben fast immer, daß ein Kleidungsstück, ein Stoffrest, ein Gegenstand, der dem Gesuchten gehörte, zwischen den Tieren gefunden wurde. In solchen Fällen wird augenblicklich das größte Schwein geschlachtet und abgehäutet, der Kadaver (noch bevor alles weitere veranlaßt wird), in der Ebene vor den Hügeln den Krähenvögeln zum Fraß vorgeworfen. In die Haut des Schweines aber wird das Jüngstgeborene einer kinderreichen Familie eingenäht, mit Blumen geschmückt und zum Hof getragen, wo das Unglück geschah. Dort nimmt

es den Platz des Verschwundenen ein. Nun entledigt sich der Entmündigte, nachdem er seine Jacke abgelegt hat, seines Hemdes, reißt einige Streifen aus dem ohnedies brüchigen Stoff, verstaut den Rest in einer Tasche, wirft die Fetzen in den Schweinekoben und flüchtet, sich hastig umschauend, in den nahegelegenen Wald.

36. Nur einer der Eingänge des Bergwerks ist nicht vermauert, er ist allerdings so niedrig, daß ihn die meisten für einen Dachsbau halten. Das schmale Loch, von dem man nicht annimmt, daß sich ein Mensch durch es zwängen könnte, führt über einen Stollen, zu einem unterirdischen See, der sich unter dem gesamten Dorf ausbreitet und von Molchen bewohnt wird. Auf seinen Wanderungen entlang dem Seeufer (die nur mit Hilfe von künstlichem Licht möglich sind, denn sowohl im Stollen, als auch in der Höhle herrscht undurchdringliche Finsternis) fing der Bergmann ein Tier von der Größe eines Hundes. Es war völlig weiß, konnte sich krümmen wie ein Reptil, hatte vier Beine, ein Maul mit spitzen, kleinen Zähnen, jedoch keine Augen. Sobald er dieses seltsame und erschreckende Tier, das jedoch nicht fähig war, einen Laut von sich zu geben, ans Tageslicht brachte, starb es. Es verweste so rasch, daß er es niemandem zeigen konnte. Daher begrub er es an Ort und Stelle. Hartnäckig aber sucht er seither nach einem zweiten Tier dieser Art, in der Meinung, es mit gebotener Vorsicht und Ausdauer am Leben erhalten zu können.

37. In seinem Fernglas, das den Blick bis an die Waldgrenze freigibt, sieht der Feuerwehrhauptmann eine Gestalt durch den hohen Schnee laufen. Trotz des heftigen Schneefalls er-

kennt er an der ungeschickten Art, wie der Mann dem schützenden Wald zueilt, den Entmündigten aus dem Sägewerk. Langsam sinkt der Flüchtende tiefer in den Schnee ein, der ihm nun schon bis zur Brust reicht. Jetzt arbeitet er sich nur noch mühsam mit erhobenen Armen und vorgestreckter Brust an die Baumlinie heran.

38. Durch den schmalen Schlitz im Zirkuszelt kann der Knabe, ohne ein Wort zu verstehen (denn er befindet sich im Freien und vermag gerade seine Nase durchzustecken), den Direktor im Pelzmantel mit einer Reitgerte in der Manege auf und abgehen und Anweisungen erteilen sehen. Vor ihm stehen zwei derart winzige Menschen (auf Stühlen), wie sie der Knabe noch nie gesehen hat. Sie haben alte, runde Gesichter, sind jedoch von so geschickter Beweglichkeit, daß man darüber nur erstaunt sein kann. Gerade daß sie ein gewöhnliches Huhn um Haupteslänge überragen! Gekleidet sind sie auf das beste, der winzige Mann trägt einen Spazierstock, einen langen Schal und einen Zylinderhut, die Frau ein altmodisch feierliches Kleid aus glitzerndem grünem Tuch. Und jetzt, während zwei Zirkusarbeiter ein Seil über ihren Köpfen gespannt halten, klettern sie an den beiden Männern hoch und beginnen (zum Wohlgefallen des Zirkusdirektors), in verschiedenen Schrittfolgen und Figuren balancierend zu tanzen.

39. Die gelbe Tür springt auf und sechs Soldaten schleppen einen Kameraden, dem das Blut über das Gesicht läuft, die Treppen hinunter, halten an und kehren über die Treppe zurück in das Haus, stoßen dort wiederum die Tür auf und tragen den Soldaten neuerlich über die Stiege. Ohne einen

Klagelaut von sich zu geben, verdreht der Verwundete die Augen. Hinter ihnen laufen die Hühner, um das Blut vom Boden aufzupicken. Kaum hat der hastige Zug die Straße erreicht, als er abermals kehrt macht und in das Haus zurücktaumelt. Polternd öffnet er die Tür, arbeitet sich mit Ellbogenstößen und scharrenden Stiefeln in den Flur, um sogleich wieder in das Freie hinauszuwanken. Dort beschreibt er einen Kreis, der ihn auf kürzestem Wege wieder zu den Stiegen führt, welche er rasch erklimmt, worauf er im Haus verschwindet. Nun erhebt sich die Greisin und schiebt den Teig in den Backofen.

40. Über den großen Küchentisch gebeugt bügelt Josef der Mesner die Kleider des Pfarrers. So weit er sich erinnern kann, war es immer seine Aufgabe, die verschiedenen Gewänder zu pflegen und – wenn nötig – zu flicken. Es kommt allerdings nicht selten vor, daß er sich in seinem Haus einschließt und mit den kostbarsten Ornaten und feierlichsten Meßgewändern vor den Spiegel stellt, in dem er sich, da dieser einerseits klein und andererseits zu tief angebracht ist, nur vom Bauch bis zum Hals sehen kann.

41. Unter dem Bett in der Küche liegt, ohne daß Kolomann es ahnt, der Entfesselungskünstler. Er hat ein Bein, das mit einem Stiefel bekleidet ist, unter dem Bett hervorgestreckt, gerade so, als beabsichtigte er, entdeckt zu werden.

42. Eins, zwei, drei, vier, fünf zählt die Kaufhausfrau die Hasen. Keinerlei Spuren von Gewaltanwendung sind im Stall zu erkennen. Weder sind Bretter aufgebrochen, noch ist Draht zerschnitten, noch finden sich Blutstropfen oder Fell-

büschel. Und doch fehlen (auf unerklärliche Weise) zwei ihrer Tiere.

43. Haben die Truthähne endlich an einem Tag dreißig Nüsse geschluckt, bekommen sie mit jedem weiteren um eine weniger. Schließlich (nach sechzig Tagen) werden sie, wie es vorgeschrieben ist, von Juliane geschlachtet. Da sie gerade Zeit hat, schleift sie das Beil, mit dem sie die Arbeit verrichtet. Ihr jüngster Sohn, ein großer und kräftiger Bursche, verläßt das Haus, sobald der Tag naht. Entweder treibt er sich bis zum Abend in Wirtshäusern herum, oder er hilft benachbarten Bauern bei der Arbeit. Keinesfalls aber will er Zeuge des Tötens sein. Doch ist es schon vorgekommen, daß er, obwohl er erst beim Einbruch der Dunkelheit zum Haus zurückkehrte, vereinzelte Truthähne ohne Köpfe auf dem Nußbaum neben dem Haus hocken sah. Das vertiefte seine Abneigung nur noch.

44. Gerade als der Lehrer die Schule verläßt und im Schneetreiben verschwindet, öffnet der Direktor mit einem Federmesser seinen Schreibtisch, durchwühlt Kalender, Hefte, Briefe und Notizbücher und breitet sie vor sich aus. Bedächtig beginnt er darin zu lesen und sich Aufzeichnungen zu machen. Dabei stellt er fest, daß Blutspuren in den Heften und Notizbüchern enthalten sind: Es sind Tropfen, aber auch plattgepreßte Flecke und Schleifspuren, sowie getrocknete Rinnsale, die nahezu auf jeder Seite in anderen Formen und Größen wiederkehren. Auch auf dem Botanisierbesteck in der Lade und der Kreideschachtel findet der Direktor solche Spuren, in den Lehrbüchern und im Tafeltuch, das zuunterst in der Lade liegt. Wer beschreibt die Wut des Di-

rektors, als selbst der weiße Mantel des Lehrers zusammen-
geknüllt auf dem Boden des Kastens liegt neben einem
lehmigen Paar Schuhe. In einem anderen Kasten schließlich
entdeckt er ein schlafendes Kind.

45. Als er noch zwei Arme hatte, fing der Tischler einen
Eimer Krebse im Bach, um sie der Sonntagsorganistin zu
bringen. Erst nach längerem Warten wurde er in das Zimmer gelassen (wo er sie in ihrem Bett vorfand, den Kopf mit
einem Tuch eingebunden, so daß die Augen hinter Schatten
verschwunden waren). Im Nebenzimmer spielte die Schwester Klavier, hielt jedoch immer wieder an, als ob sie
lauschte, was gesprochen würde. Der Bruder (der im Krieg
ums Leben kam) stand vor dem geöffneten Fenster und
blickte zu ihnen herein, jeder seiner (des Tischlers) Bewegung mit einer Bewegung seines Kopfes folgend. In dem
Augenblick nun, als der Tischler die Krebse übergab, schrie
die Sonntagsorganistin auf, stürzte die Schwester in das
Zimmer, schwang sich der Bruder über das Fensterbrett,
und sie prügelten ihn gemeinsam auf die Straße. In der Dunkelheit der Werkstatt erinnert sich der Tischler jetzt
daran.

46. Louise aber glaubt, flüchten zu müssen. Sie hat das Haus
versperrt, die Zimmertür verriegelt und wagt sich nicht zu
bewegen. Von ihrem Vater besitzt sie einen Badeschwamm,
den sie in einer blauen, mit Wasser gefüllten Schale tränkt,
um sich die Stirne zu kühlen. Die Schere auf dem Tischtuch sieht sie gegen sich gerichtet, als wollte sie sich in ihr
Herz bohren. Aus Befürchtung, sich zu verraten, wagt sie
nicht, sie vom Tisch zu stoßen oder in den Schrank zu le-

gen. Zudem fürchtet sie den Hund (des einbeinigen Nachbarn), der sie öfters angefallen hat, ihre Kleider zerfetzte und sie an den Beinen verletzte. (Niemals aber war er dafür zur Rechenschaft gezogen worden.) Hatte Louise einen Arzt aufgesucht, Anzeige erstattet, sich beim Bürgermeister beschwert, war es jedesmal ohne Folgen geblieben. Dieser Hund (so weiß sie) schleicht um das Haus, auf der Suche nach einer angelehnten Tür oder einer Lücke, durch die er kriechen kann. Nachts hingegen bellt er mit anderen jagenden Hunden in ihrem Hof, bis der Morgen anbricht.

47. Der Lehrling S. steht mit seiner Gummischürze, die so lang ist, daß sie am Boden schleift, neben dem Schlachtermeister, der einen Rinderkopf bearbeitet. Die Augen starren aus dem Tierschädel (einen Teil davon hat der Fleischhauer in eine Wanne geworfen, daraus stellt er die Hauswurst her). In dem weiß verfliesten Nebenraum hängen die ausgenommenen Tiere, die Schweinehälften und Innereien. Ein Stockwerk höher weiß der Lehrling die Frau des Meisters in der Küche. Wie oft schon ist er in Gedanken die Stufen nach oben geeilt, um sie zu entblößen!

48. Wie aus dem Nichts, gerade als Maria Wasser pumpt, steht ein Chinese vor ihr. Er hat einen vornehmen Hut aufgesetzt, sein Mantel schlottert auf ihm. Noch erstaunt und erschrocken über die Erscheinung weicht Maria zurück, da weist der Chinese einen kleinen, hölzernen Käfig vor, in dem zwei weiße Mäuse zusammengekauert und wegen der Winterkälte zitternd in der Ecke hocken. In einem merkwürdigen Gemisch aus Fremdlauten stellt er eine Frage, die

Maria weder versteht noch erraten kann, weshalb sie den fremden Chinesen nur erstaunt anblickt. Dieser – über das Unverständnis ungehalten, dann wütend – wiederholt seine Frage immer eindringlicher, bis er schließlich auf die Mäuse im Käfig weist, eine beim Schwanz packt, sie herausholt und über den weitaufgesperrten Mund hält. Noch ehe Maria verstanden hat, daß sein Anliegen Hunger ist, hat er die Maus zwischen den kauenden Kiefern und nach einigen kräftigen Bissen, die von einem Knirschen begleitet werden, verschlungen.

49. Der Schneider aber arbeitet in seinem Zimmer an der Fertigstellung des Kleides. Auch die Schwester der Sonntagsorganistin hat er geliebt, wenngleich nicht auf eine ebenso heftige Weise wie diese. Zwar ähnelten sich beide bis in einzelne Bewegungen hinein, (ihr Lachen etwa oder das Hochrecken des Kopfes beim Gruß waren nicht voneinander zu unterscheiden) aber während die Sonntagsorganistin in ihrem Verhalten voller Überraschungen war, war die Schwester von jeher nichts als eine Nachahmung. In allem und jedem, so fühlte man, wiederholte sie nur die Ansichten und das Gehabe ihrer Schwester. Wurde sie auf etwas angesprochen, worüber sich ihre Schwester noch nicht geäußert hatte, reagierte sie wie eine Überrumpelte. Hatte ihre Schwester jedoch bereits ein Urteil gefällt, so brachte sie es in derselben Nachdenklichkeit oder Überheblichkeit vor wie diese. Und zu seinem Erstaunen begann der Schneider an der Schwester der Sonntagsorganistin zu verachten, was er an der Toten bewundert hatte. Sogar die Art zu essen, sich vom Stuhl zu erheben, zu lachen oder zu gestikulieren, haßte er, ebenso wie sie ein Glas Wasser zu trinken pflegte

(indem sie den Blick nicht von der Umwelt ließ, die sie umgab). Schließlich haßte er auch die Art und Weise, wie sie ihre Schwester in ihrer Kleidung nachzuahmen versuchte. Eines Tages stellte er fest, daß er über die Schwester die Sonntagsorganistin selbst zu verehren aufgehört hatte.

50. Still wartet H. im Jungwald. In einer Drahtschlinge hängt ein Hase.

Abend

1. Goldfarbene Wörter schweben zum Himmel, leise klirrt es im Inneren der roten Madonna, wenn sich das Eisen der Zahnräder in ihr zusammenzieht, es ächzt, sobald sich der Schrank in der Kälte zu verformen beginnt. Umgeben von wildpochender Finsternis liegt sie auf ihrem Himmelbett, betet mit knarrenden Türen. Aus starrer Nacht erwacht, piepst das gelbe Kind an ihrer Brust vor Angst, als es in der eisigen Dunkelheit des Heimatmuseums das Ticken der Taschenuhren unter dem Glassturz vernimmt. Was wollen diese mechanischen Herzen aus Silber und Achat, wer zählt in ihren rubingeschmückten Gehäusen die Zeit? Mit einem hellen Ton springt die Saite einer Geige.

2. Fremde Gestalten mustern Dominik, den Leichenbestatter, von den Nebentischen, gerade, daß man ihn nicht nach seiner Herkunft fragt. Was ist an einem Leichenwagen schon Besonderes? Zugegeben, er kennt die Gastwirtschaft nicht, in die es ihn verschlagen hat, zugegeben, sein Blick ist glasig, zugegeben, in seinem Leichenwagen liegt ein leerer Sarg, zugegeben, sein Gehilfe erweckt nicht gerade das Vertrauen unbekannter Menschen, aber trägt Dominik nicht einen Anzug aus schwarzem Tuch und einen Hut mit einem violetten Seidenband? Und ist nicht auch sein Gehilfe, wenn schon nicht nach dem neuesten Schnitt, so doch ordentlich gekleidet?

3. Bevor er zu Bett geht, schleicht der Kirchenwirt in den leeren Ballsaal, streift zwischen den gedeckten Tischen herum und bleibt vor dem Platz, an den sich die Sonntagsorganistin (zumeist) zu setzen pflegte, stehen. In der ausgestreckten Hand trägt er ein Tablett mit Suppe, Braten, Huhn, Salat und eine Flasche Wein, die er serviert, nicht ohne nach dem Wohlergehen zu fragen und dienstbeflissen den Kopf hinunterzubeugen, um kein Wort zu überhören. Durch den Türspalt beobachtet ihn seine Frau.

4. Nachts, wenn im Dorf ein Toter aufgebahrt liegt, kann Maria nicht schlafen. Sie denkt an den Chinesen, den man vom Hofe jagte, ohne sich für das Kunststück, das er vorführte, erkenntlich zu zeigen. Denn die Mäuse, die er nach Ansicht aller lebendig verschlungen hatte, saßen plötzlich wieder im hölzernen Käfig und froren. Diesem Chinesen würde es ohne Schwierigkeit möglich sein, unerwartet aus dem Schrank zu treten!

5. Im Schloß steht im Klavierzimmer zwischen Obststeigen ein ausgestopfter Schimmel unter einem Glassturz. Wie allen bekannt ist, handelt es sich um jenen Schimmel, auf dem der General die entscheidende Schlacht verlor. Obwohl das Pferd, wie gesagt, ausgestopft ist, ist es mit dem General gealtert. Nicht nur daß das Fell vergilbt ist, es sind auch Teile der Behaarung ausgefallen, was den Eindruck von Schorf oder sonst einer Hautkrankheit erweckt. Zudem ist es geschrumpft, wodurch es eher einem greisen Fohlen als einem Schlachtroß ähnelt. Nachdem der General, der nun einen Pelzmantel trägt, die Tür hinter sich geschlossen hat, betrachtet er die weißen Flecken an den Wänden, wo früher

die Bilder, welche er im Laufe der Zeit gezwungen war zu verkaufen, hingen. Da der General jedoch ohne Anstrengung in der Lage ist, jedes einzelne dieser Bilder sofort und bis in jede Einzelheit vor seinem inneren Auge entstehen zu lassen, vermißt er keines von ihnen. »Ich verdanke Dir viele schlaflose Nächte«, spricht der General, »der Du dazu bestimmt bist, mich an meine elendsten Stunden zu erinnern. «

6. »Jetzt liegst Du in meinem Sarg«, denkt der einarmige Tischler, »in meiner Werkzeugtruhe und kannst Dich nicht wehren. Nur weil wir auf den Bestatter warten, weil der Bestatter nicht kommt, hat man mich um die Werkzeugtruhe gebeten. Selbst den Deckel haben wir von der Witwe geholt, mit dem sie sich zusammen mit ihrer Stiefschwester und ihrem Neffen gegen den Schneesturm schützte. Eine Zeitlang schlief mein Hund in der Truhe – niemand dachte daran, eine Tote in sie zu legen. «

7. »Für Dich also habe ich das Kleid genäht«, denkt der Schneider, »statt für Deine Schwester. Du hättest es nicht gewünscht. « Alles, was an das Leben erinnert, hat man aus dem Zimmer entfernt. Nur einige Reihen mit Stühlen sind vor der Toten aufgestellt, auf denen der Schneider und Dorfbewohner hocken, andere sitzen in der Küche, wieder andere warten im Flur, die übrigen beten im Klavierzimmer.

8. Da betet Josef, der Mesner, und denkt an den Glockenturm und denkt daran, wer wohl läuten mag, wenn er selbst seinen letzten Atemzug getan hat. Er empfindet trotz einer gewissen Vertrautheit mit der Toten nichts bei dem Gedan-

ken an sie. Kaum, daß sie einen Satz mit ihm wechselte, nie, daß sie sich bei ihm bedankte. Wenn er es recht bedachte, ging stets eine Gleichgültigkeit von ihr aus, als duldete sie ihn nur. Und tatsächlich war es ja er gewesen, der ihr seine Dienste anbot und der sich daran hielt, daß er sich nur auf die unaufdringlichste Weise benehmen durfte (wenn er es wünschte, ihr einen Dienst zu erweisen).

9. Nur mit größter Anstrengung gelingt es der Köchin des Pfarrers im Totenhaus nichts zu berühren. Sie öffnet keine Türe, sondern wartet, bis sie auf jemanden trifft, der sie ihr öffnet, sie trinkt aus keinem Glas, ißt kein Brot.

10. Für einen kleinen Kreis der Bewohner gibt der Zirkusdirektor an bestimmten Abenden der Woche eine Vorstellung mit Nummern, die er gerade einstudiert. Der Raum, in dem er seine Vorstellung zum besten gibt, ist nicht sehr groß und nur schwach beleuchtet. Ursprünglich war es ein Viehstall, genauer gesagt, ein Pferdestall. In diesem ungeheizten und darum kalten und feuchten Pferdestall finden sich (naturgemäß) nur wenige Neugierige ein. Da weder der Zirkusdirektor noch einer der Artisten in Kostümen auftritt, die Tiere nicht geschmückt sind und der Raum nicht dekoriert ist, fehlt gerade jene Atmosphäre, die das Typische für einen Zirkus ausmacht. Man kann getrost sagen, daß der Eindruck, der entsteht, ein roher ist. Ohne Musik, ohne jegliche Aussage zerschneidet der Zirkusdirektor eine Kiste, in der sich eine Frau befindet, was eher den Eindruck eines Verbrechens als eines Kunststückes macht. Noch dazu begleitet er seine Ausführungen, sofern sie ihm nicht gelingen, wie er es beabsichtigt, mit zornigen Ausrufen, was den An-

schein von Gewalttätigkeit noch verstärkt. Selbst die Szenen, in denen er mit seinem Sohn als Clown auftritt, geraten nur niederträchtig und wenig erheiternd. Aber gerade die Niederträchtigkeit und Gewalttätigkeit, die Verschlagenheit und Boshaftigkeit sind es, die die wenigen Zuschauer am meisten unterhalten. Wird eine der Liliputanerinnen dann – was im Laufe des Abends ansonsten nicht üblich ist – vorgestellt, indem der Zirkusdirektor sie trotz ihrer ärmlichen Kleidung und ihrer Mißgestalt als »Prinzessin« bezeichnet, erschallt ein Gelächter im Pferdestall, das man bis auf die Straße hören kann (auf der gerade die beiden Brüder, die in dasselbe Mädchen verliebt sind, zum Bahnhof gehen).

11. Hinter dem Ladentisch gibt sich die Kaufhausfrau dem Abdecker hin. Schweigend und verbissen halten sie sich umklammert, als kämpften sie miteinander. Aus dem Schlafzimmer tönt das Geschnarch des Mannes. Nur langsam wagt sich die Kaufhausfrau zu bewegen, schon das Rascheln der Kleider fürchtet sie. Auch der Abdecker hat den Kopf lauschend in die Höhe gehoben, einem Tier gleich, das entschlossen ist, jeden Augenblick zu fliehen.

12. Die Stirn an die gefalteten Hände gelehnt und murmelnd dem Gebet folgend weiß die Schwester der Toten den Landstreicher im Keller.

13. Der alte Mautner weckt, bevor er zur Totenwache geht, die Schlafenden in seinem Haus, jagt das ruhende Vieh im Stall auf, schaufelt die Kartoffeln um und rückt die Möbel vom Platz. Die Blumentöpfe, die Bäume im Garten müssen vom Todesfall erfahren. Die Ecksäulen des Hauses müssen

mit Hammerschlägen erschüttert werden, sonst würde der Wurm das Holz zernagen, im Haus der Sonntagsorganistin drängt er darauf, daß die Sämereien bewegt würden, damit sie nicht ihre Keimkraft verlören, der Pumpenschwengel gezogen würde, um zu verhindern, daß das Wasser versiege. Alles Lebende oder Lebenverbürgende muß aus dem Zustand herausgerissen werden, in dem es sich zum Zeitpunkt des Ablebens der Sonntagsorganistin befand.

14. Am lautesten betet die Witwe Oswald. Sie zermartert ihr Gehirn, ob sie der Verstorbenen etwas angetan hat, wofür diese sich nun rächen könnte. Die Furcht vor der Stille ihres Hauses, in das sie nach Mitternacht zurückkehren muß, läßt sie bei jeder Gelegenheit unterwürfig lächeln, so als erwarte sie von irgend jemandem Hilfe.

15. Vor seiner Insektensammlung brütet der Lehrer. Die Tiere, auf Nadeln aufgespießt, ruhen in hölzernen Behältern, die mit einer Glasscheibe abgeschlossen sind. In einem der Behälter Käfer, in einem anderen Bienen, einem weiteren Schmetterlinge. Schon seit seiner Kindheit begleiten diese Insekten den Lehrer; ist er gezwungen, den Wohnsitz zu ändern, so schleppt er sie in Koffern mit sich herum, um sie später auf dem Kasten oder unter dem Bett zu stapeln oder in einer Truhe auf einem Dachboden zu verstauen. Allerdings kam es aufgrund allzuhäufiger Klimawechsel und der mit Reisen unvermeidlich verbundenen Schüttelbewegungen vor, daß die Insekten in manchen Behältern zerfielen (allenfalls daß noch einzelne Köpfe, Flügel oder Beine im Staub zu erkennen waren). Diese Behälter hatten nun das Aussehen von durch Glas geschützten Nagelbrettern (denn

die Nadeln standen dicht nebeneinander und waren nach wie vor mit dem Namen der Insekten, die sie einst aufgespießt hatten, beschriftet). Von keinem seiner Behälter jedoch vermag sich der Lehrer zu trennen, ja, jedes einzelne zu Staub zerfallene Insekt regt ihn nur noch mehr an, die nun lückenhaft gewordene Sammlung zu ergänzen. Beim Betrachten seiner Sammlung (das er zumeist im Winter vornimmt) hat der Lehrer die Gewohnheit, sich Nadeln in den Fingerballen oder in die Wange zu stechen.

16. Zwischen den Bretterstapeln im Schneefall, die Hand mit dem abgehackten Finger unter der Jacke und in Begleitung des Feuerwehrhauptmannes, torkelt der Entmündigte durch das Sägewerk. Die Gattersäge in der Halle ist abgestellt, kaltes Licht fällt aus der Hoflampe in das Schneetreiben. Schon hört er das Grunzen der Schweine aus dem Stall, sein Versuch jedoch, sich dem Griff des Feuerwehrhauptmannes zu entwinden, scheitert an dessen Entschlossenheit, ihn zum Sägewerk zurückzubringen.

17. Wasser tropft aus dem Bart des Feuerwehrhauptmannes, Wasser schmatzt bei jedem Schritt in seinen Stiefeln, Wasser rinnt in seinen Hemdkragen. Sofort war er, als er den Entmündigten hatte im Wald verschwinden sehen, in Stiefel und Mantel geschlüpft, hatte einen Strick (warum, wußte er nicht), der an einem Haken im Vorraum hing, an sich genommen und war aufgebrochen, um den Spuren des Flüchtenden zu folgen. Doch bald hatten ihm die Kälte und Nässe so zugesetzt, daß er des öfteren hatte anhalten müssen. Rasch war die Dunkelheit hereingebrochen, und schon hatte er mit dem Gedanken gespielt, seine Verfolgung aufzuge-

ben, als er den Entmündigten in einer Mulde hatte hocken gesehen, erschöpft vor Angst und Schmerz.

18. Schläfrig von der Arbeit hockt der Schlächter da, nur mit Mühe kann er seine Augen offenhalten. Jedes Totenhaus pflegt er aufzusuchen, um zu trinken und in Gesellschaft anderer Trinkender zu sein, er hat keine Angst vor dem Sterben. Wie rasch liegen eine Kuh, ein Kalb, ein Schwein oder, wenn es darauf ankommt, ein Ziegenbock oder ein Schaf vor ihm, wie rasch strecken sich die zappelnden Glieder aus, welche Freude durchfährt die Umstehenden. Er kennt das Schlachten nur als versteckte Freude, als frohe Erwartung, die er in den Gesichtern der Tierbesitzer liest; eilig werden Töpfe, Messer, Tröge herangeschleppt, und noch bevor er das Tier ausgenommen hat, ruft die Hausfrau in der Küche zur Blutspeise.

19. Noch einmal, als er mit dem Tischler die Sonntagsorganistin aufhob, hat Gustav ihren Körper gespürt, das heißt eigentlich hat er nur die Festigkeit der Knochen unter dem Kleid wahrgenommen. Dabei hat er kurz Schadenfreude empfunden, daß er sie überlebt hat. Und trotzdem überfällt ihn ein Gefühl ungeheurer Einsamkeit, das ihn weinen läßt. Er greift in die Tasche und legt ihr seine Tabakdose in den Sarg, während er die einstige Geliebte um Verzeihung bittet. Zwar ist er sich darüber im klaren, daß es nichts gibt, was sie ihm verzeihen kann, ja, daß er es ist, der ihr verzeihen muß, aber es ist ihm, als ob er damit um Vergebung für die gesamte Schuld, die er in seinem Leben angehäuft hat, bittet. Und gleichzeitig empfindet er ein Gefühl der Großmut, das ihn weichherzig gegen sich selbst werden läßt, die Scham,

die ihn immer überfällt, wenn er nüchtern ist, verschwindet
und läßt ihn in wohliger Traurigkeit zurück.

20. Noch immer liegt der Erdhaufen, den der Maulwurf auf-
geworfen hat, in der Küche. Der Maulwurf selbst ist in seinem endlosen Labyrinth von Gängen verschwunden, rastlos
wühlend, als gelte es die Welt mit einem Netz unterirdischer
Wege zu verbinden. Es ist nicht so, daß Schauer eine ur-
sprüngliche Angst oder Abneigung vor Maulwürfen hat, im
Gegenteil, er erschlug sie aus Gewohnheit wie alle seine Vorfahren und die Bewohner der Umgebung. Nie hatte er daran
gedacht, wenn er einen der zahlreichen Maulwürfe, die in
Äckern, Wiesen und Gärten zu den unvermutetsten Gelegen-
heiten auftauchten, daß sich diese an ihm rächen würden.
Nun gibt er sich geschlagen. Er zieht seinen alten schwarzen
Anzug an, hüllt sich in den schweren Gehrock und macht
sich auf den Weg zum Haus der Sonntagsorganistin.

21. In den verlassenen dunklen Höfen der Totenwächter verschwindet Fett aus Töpfen, Wein aus Fässern, Öl aus Flaschen. Es verschwinden Tauben vom Dachboden, Eier aus
Kisten, ja sogar ganze Schweinehälften. Selbst L., der in
seiner Dunkelkammer in das menschengroße Abbild einer
Unke versunken ist, die sich, wenn sie sich bedroht fühlt,
auf den Rücken dreht und dem vermeintlichen Gegner ihre
gelbgefärbte Bauchseite entgegenhält, hört nicht, wie in den
Hühnerstall gestiegen wird und Federvieh in Säcken verschwindet. Die ansonsten schreckhaften Hühner erwachen
nicht einmal aus ihrem Schlaf, mit einer solchen Geschicklichkeit gehen die Zirkusangehörigen vor ... Bald wird
niemand mehr über das Verschwinden erstaunt sein, ja es

wird zum Selbstverständlichsten und Alltäglichsten gehören, daß Kleintiere und Nahrungsmittel verschwinden, es ist sogar vorstellbar, daß, wenn später nichts mehr verschwände, Unruhe und Verunsicherung unter der Bevölkerung entstünde, denn jeder gewohnte Zustand löst, sofern er ohne Übergang aufhört zu bestehen, ängstliche Befürchtungen aus.

22. In den karg möblierten Räumen, in Häusern, in denen kein Bild an den Wänden hängt, findet der Pfarrer die hölzernen Kreuze wie eine stete Erinnerung an die Grausamkeit der Menschen. Die Bewohner, sonst in ihrem Geschmack und Empfinden, was bildliche Darstellungen betrifft, leicht zu erzürnen und aus dem Bestreben heraus, einmal liebgewordene Vorstellungen nicht zu überdenken, übertrieben empfindlich, störten sich nirgendwo daran, unter dem Abbild des Hingerichteten ihre Suppe zu verzehren, sich zur Ruhe zu begeben oder zu betrinken. Ja sogar für die Kinder ist es schon das Gewöhnlichste, mit dieser Darstellung einer Hinrichtung, einem blutenden, gemarterten Toten aufzuwachsen, oder an diesen in Gedanken sehnsuchtsvolle Wünsche zu richten.

23. Welches Aussehen kann schon eine Amtsstube der Gendarmerie auf dem Lande haben? Ist eine Polizeistation in den Städten in ihrer äußersten Kahlheit und Kargheit wenigstens von Kriminellen, Verunglückten, Beschwerdeführern oder Dirnen bevölkert, so findet sich auf dem Lande höchstens ein verschlafener Inspektor oder ein Betrunkener ohne festen Wohnsitz. Es kann nur als Ausnahme bezeichnet werden, daß es einen Ausländer, der keinen Brocken unserer

Sprache versteht, dorthin verschlagen hat. Längst liegen seine Papiere auf dem Tisch, längst Zeitungsausschnitte aus fernen Ländern, da schließt der Gendarm aus einer Fotografie, daß es sich in dem Fremden, dem er im Bahnhofsgebäude begegnete, um einen (wie dieser es die ganze Zeit über behauptet hat) berühmten Jongleur handelt, der auf der Suche nach dem Zirkus ist. Und wie zum Beweis wirbeln plötzlich vor den Augen des Gendarmen farbige Bälle in einem schwirrenden Kreis, von der Hand des Jongleurs, so hat es den Anschein, kaum berührt, durch die Luft.

24. Aus Gewohnheit brachte die alte Resch der Sonntagsorganistin einmal frische Kirschen, dann die ersten Tomaten, ein anderes Mal einen Karpfen. Immer wußte sie, was dem Fräulein schmeckte, und als Dank dafür erhielt sie eine getragene Bluse, benützte Schuhe oder ein ausgewaschenes Kleid. Aber immer war die alte Resch froh darüber gewesen, daß ihre Gaben angenommen worden waren. Einen Blumenstock mit weißen Zyklamen in der Hand betritt sie das Totenzimmer und fällt sofort in das Gebetgemurmel ein, das sie aus dem Nebenzimmer hört.

25. Josefine hat das Sterbezimmer nicht aufgesucht. In das Gebet versunken fühlt sie nicht, wie sich etwas in ihrem Leib regt, zunächst ist es nur eine leise Schwingung, dann aber hört sie den ersten zaghaften Ton und, bevor sie sich noch darüber wundern kann, den nächsten. Zu ihrem Erstaunen beginnt es in ihrem Bauch allmählich zu läuten, schließlich läutet es hell und vernehmlich aus ihrem Messingkörper, wie ein Glockenschwengel schwingt das Kind in ihr hin und her.

26. Gerade als der Totengräber ein Glas Wein geleert hat, findet er die Krähe in der Tasche, die ihm in einem der Gasthäuser, welche er in der letzten Nacht aufgesucht hat, zugesteckt worden sein muß. Was aber soll er mit einer Krähe bei einer Totenwacht? Vorsichtig läßt er sie verschwinden. In diesem Winter sind viele Vögel erfroren, Menschen und Vögel. Selbst erfrorene Dachse und Marder brachten die Jäger aus dem Wald. In Häusern fand man erfrorene Alte und Katzen, bisweilen auch Kinder. Nicht unweit vom Dorf, behauptet man, seien sogar ein Bauer und seine Frau im Gehen erfroren, so daß man ihre Leichen stehend mit ausschreitenden Beinen gefunden habe!

27. Die erste Elster: Wird uns Mühe machen, ihn nach Hause zu schaffen.
Die zweite Elster: Ich höre ihn schon von Keltengräbern schwatzen ...
Die erste Elster: Und die Komische Oper singen –
Die zweite Elster: Wie er sich den Tripper holte im Krieg –
Die erste Elster: Und ein taubes Ohr, als ein Munitionswagen explodierte.

28. Im Halbschlaf sitzt der Witwer Ranz vor dem Sarg. Wie sehr hat er die Sonntagsorganistin begehrt! Selbst jetzt begehrt er sie noch ...

29. Der Jäger hat Büchse und Flinte zerlegt und die Teile auf dem Tisch ausgebreitet. Seine Kinder haben sich um ihn geschart und zupfen an seinen Kleidern. Da ertönt von draußen das klägliche Rufen des Steinkauzes, der selbst die Kinder den Atem anhalten und lauschen läßt. Mit dem er-

sten Ton ist der Jäger aufgesprungen, hat in größter Eile die Flinte zusammengesetzt, den Patronengurt umgeschnallt und ist im Schneegestöber der Nacht verschwunden. Die Kinder im Haus beginnen zu weinen, bis von draußen ein Schuß zu hören ist, auf den sofortige Stille folgt.

30. Louise kann in Gedanken nicht dem Gebet folgen, sie hat die Vorstellung, selbst im Sarg zu liegen. Oft schon hat sie sich mit verkniffenen Augen im Spiegel betrachtet, um zu erfahren, wie sie als Tote aussehen wird. Sie stellt sich in ihrem weißen Spitzenkleid vor, die Hände auf der Brust gefaltet, und der Gedanke daran rührt sie so sehr, daß sie in Tränen ausbricht.

31. Karl betrachtet nicht die Tote, sondern denkt an den Bäcker, den er erschießen wollte.

32. Der Gehilfe des Bestatters, vor einem gläsernen Bierkrug (den Dominik ihm nur dann servieren läßt, wenn er selbst betrunken ist), sieht das Innere des Totenhauses vor sich. Ganz deutlich erkennt er das Zimmer mit den Stühlen und die Aufgebahrte. Heftig rüttelt er den Arm des Leichenbestatters, in der Absicht, ihn darauf aufmerksam zu machen, daß sie noch den Sarg zu liefern hätten, als Antwort jedoch erhält er eine Ohrfeige, die ihn daran erinnern soll, daß er nicht ungestraft seinen Herrn berühren darf.

33. Zur Überraschung der alten Frau, hat man einen Chinesen in ihr Zimmer gelassen, der einen Käfig mit zwei weißen Mäusen bei sich hat. In einem schwarzen Anzug sitzt er neben ihr und lächelt. Hat er Flügel? Ist er ein Engel?

34. Hastig verläßt Elch mit dem Offizier das Dorf. Zuletzt ließ der Offizier ihn anhalten und erlegte mit der Pistole einen Fasan, der über einen schneebedeckten Acker lief. »Schon von jeher hasse ich die winterlichen Landgegenden«, führt er, den Vogel im Wagen rupfend, aus, »im Winter sind die Bewohner noch stumpfer als sonst, die Häuser noch kälter und dunkler. Eine riesige Gefängnisanstalt ist das Land dann, und nur die Dummheit seiner Menschen zieht mich an, die ich schon nach dem letzten Krieg auszunutzen verstand, als ich in verschiedenen Gaststätten und Turnsälen mit Zauberkunststücken auftrat. Nun, da ich seit mehr als dreißig Jahren die Landbewohner betrüge, indem ich mich einmal als durchreisenden Pfarrer ausgebe, ein anderes Mal als Arzt, ein anderes Mal wiederum als Offizier, ist mein Haß so groß geworden, daß mir jedes Mittel recht ist, wenn ich sie übers Ohr hauen kann.«

35. Der Bäcker aber schläft ohne zu träumen. Ein breites Pflaster klebt auf seiner Nase, und eines der Augen ist so geschwollen, daß

36. »Du bist es also!«, ruft Stölzl mit klappernden Zähnen im Grab. »Wer hätte gedacht, daß Du so rasch Dein Haus mit den gelbglänzenden Parkettböden und der himbeerduftenden Bettwäsche gegen sechs Bretter vertauschst? Wer hätte es Dir angesehen, daß Deine weichen Lippen und Dein goldfarbener Blick so rasch zu Staub zerfallen und nur noch ein bleiches Knochengerüst unter der Erde an Dich erinnern würde!« Und laut beginnt er zu beten mit klappernden Zähnen.

37. Jedesmal auf einer Totenwacht denkt der Bergmann an den Pumpenwärter, den man, als das Bergwerk aufgelassen wurde, im Stollen vergessen hat. Zunächst war es niemandem im Dorf aufgefallen, daß er fehlte, denn er wohnte allein, und abseits der Siedlung. Erst allmählich kam die Rede auf ihn und gleichzeitig entstand der Verdacht, daß er im Stollen geblieben sein konnte. Viele Wochen später beschloß man, den Pumpenwärter im Schacht zu lassen, denn, so wurde begründet, weshalb sollte er zu dem Zweck, daß man ihn auf dem Friedhof eingrabe, aus dem Bergwerk ausgraben. Der Bergmann jedoch wäre nicht verwundert oder erschrocken, ihm eines Tages auf seinen Wanderungen unter der Erde zu begegnen.

38. Mit dem Gewehr sitzt der Landwirt S. vor dem Sarg, er, der sonst nie mit einer Waffe gesehen wird. Niemand jedoch würde es wagen, ihn darauf anzusprechen, denn daß er ein Gewehr mit sich trägt, kann nur bedeuten, daß er sich in Gedanken mit einer Gewalttat befaßt. Sei es, daß er – falls ihm ein anderer Erbe vorgezogen würde – diesen erschießen will, sei es, daß er sich selbst zu töten beabsichtigt. Unruhig durchstöbert seine Frau die Kommode, die Kinder suchen in der Kredenz

39. Die Tote vor Augen wird sich der Briefträger darüber klar, daß er seinen Doppelgänger aus der Welt schaffen muß, sobald er ihm das nächste Mal begegnet. Entweder, daß er ihm das Küchenmesser in die Brust stößt oder ihn mit der Hacke erschlägt, aber so lange er ihn am Leben läßt, weiß der Briefträger, wird keiner von ihnen zur Ruhe kommen.

40. Die gelbe Tür geht auf und sechs Soldaten schleppen einen Kameraden, dem das Blut über das Gesicht läuft, die Treppen hinunter, halten an, kehren über die Treppe zurück in das Haus, stoßen dort wiederum die Tür auf und tragen den Soldaten neuerlich über die Stiege. Ohne einen Klagelaut von sich zu geben verdreht der Verwundete die Augen. Hinter ihnen laufen die Hühner, um das Blut vom Boden aufzupicken. Kaum hat der hastige Zug die Straße erreicht, als er abermals kehrt macht und in das Haus zurücktaumelt. Polternd öffnet er die Tür, arbeitet sich mit Ellbogenstößen und scharrenden Stiefeln in den Flur, um sogleich wieder ins Freie hinauszuwanken. Dort beschreibt er einen Kreis, der ihn auf kürzestem Weg wieder zu den Stiegen führt, welche er rasch erklimmt, worauf er im Haus verschwindet. Umständlich entkleidet sich die Greisin, bevor sie sich zu Bett begibt.

41. Im Keller, versteckt hinter Fässern und Kisten mit Äpfeln, wartet der Landstreicher darauf, daß die Totenwache zu Ende geht. Er hört das eintönige Gebetsgemurmel, das Scharren von Schuhen, das Krachen des Bodens, kurz, das ganze unselige Getümmel und Durcheinander, das bei einer Totenwacht üblich ist. Längst schon hätte er das Haus verlassen, wenn ihn nicht die Schwester der Toten geküßt hätte. Da hockt er nun wie ein blinder Passagier in einem Kohlenkeller und träumt vom Lohn der Entbehrung.

42. Und H., gekleidet wie ein Pfarrer, betet so laut er kann. Zwischendurch stößt er seinen Kopf gegen die Tischplatte, um sich einen Schmerz zuzufügen, damit hofft er die übrigen zu überzeugen, daß seine Gefühle echt sind. Doch

jedesmal, wenn er mit seinem Kopf auf die Tischplatte schlägt, was einen dumpfdröhnenden Laut hervorruft, blicken ihn die Betenden vorwurfsvoll an, denn sie fühlen sich noch mehr durch seine blutende Nase in ihrer Andacht gestört (zu der sie begreiflicherweise Ruhe benötigen).

43. Schrecken überkommt Kolomann, als er daran denkt, was er mit seiner Ratte tun soll, wenn sie eines Tages stirbt. Den Abdecker holen? Sie begraben? Dann, während er einen Schluck Wein nimmt, fällt ihm Dominik, der Bestatter ein, der sein Tier mumifizieren könnte, so daß man es womöglich im Heimatmuseum aufstellen und damit der Nachwelt erhalten könnte.

44. Juliane und die sechs schwarzgekleideten Trauerjungfern haben eines der Lieder zu singen begonnen, das für gewöhnlich bei Todesfällen angestimmt wird:
Blicke herab aus hohem Gebirge
aufs ferne Meer
in Landschaften mit Regenbögen und
Orangenbäumen –
Dort ist das Paradies
Blicke herab aus hohem Gebirge
auf Nacht und Sturm
in Landschaften mit Geröll
und verbrannten Wiesen
Dort ist die Hölle
Komm zurück, wenn Du kannst
Komm zurück.

45. »Ich habe nicht die Absicht«, schreibt der Sohn des Bienenzüchters, »mich nochmals in eine ähnliche Situation zu begeben, indem ich die Königin mit einer Schnur am Hals festbinde und das Volk auf meinem Körper Platz nehmen lasse. Nicht, weil ich mich vor den Stichen fürchte, sondern weil ich es für gefährlich halte, mich neuerlich in einen Zustand geistiger Abwesenheit zu begeben (den dieses Kunststück erfordert). Es ist schwer erträglich, auf nackter Haut Tausende von Beinchen eines fremden summenden und sirrenden Lebewesens zu fühlen, ohne das Empfinden tödlicher Bedrohung. Dieses Gefühl, sei es, daß man es Angst, sei es, daß man es Fremdheit nennt, vermochte ich nur durch einen äußersten Grad von geistiger Anspannung zu beherrschen, indem ich gewissermaßen aus meinem Körper trat und diesen nur noch als eine Art Mantel empfand ...«

46. Da von der Schwester einer kürzlich Verstorbenen nicht erwartet werden kann, daß sie sich an das Klavier setzt und Totenlieder untermalt, ist es die Gärtnerin, die sich redlich bemüht, jene traurige und schmerzhafte Empfindung in den Anwesenden hervorzurufen, die man bei einem solchen Anlaß erwartet. Allerdings geraten ihr die begleitenden Töne immer wieder zu lieblich, manchmal auch unbeabsichtigt heiter, worauf sie selbst einen ärgerlichen Ton ausstößt, das Klavierspielen für Augenblicke unterbricht, das mißlungene Stück mit rasender Geschwindigkeit wiederholt und die Weise sodann mit der angemessenen Getragenheit fortsetzt.

47. Ludmilla träumt von einem bunten Federkleid, das sie umhüllt. Samtige Wärme. Hühner gackern gack-gack, Floh juckt im Gefieder ... wie gut.

48. Nicht gewohnt, den Wein so rasch zu trinken, wie die übrigen Trauergäste, spürt der Lehrling S. Übelkeit in sich aufsteigen. Noch dazu wird ihm, kaum daß er einen Schluck gemacht hat, mit bedeutungsvollem Lächeln nachgeschenkt. ... Längst schon hätte er das Haus verlassen, aber er wagt nicht, aufzustehen. Diese Kraftlosigkeit, sich zu erheben und aus einem Zimmer oder einem Veranstaltungsraum zu gehen, indes andere noch sitzenbleiben, peinigte ihn schon als Kind. Welche Art von Furcht ist es, die ihn befällt? Niemand würde ihn daran hindern, sich zu erheben, niemand, sich zu verabschieden. Und doch lastet ein unsichtbarer Zwang auf ihm, dem er nichts anderes entgegenzusetzen hat als sein stummes Leiden.

49. »Sehr geehrter Herr Bürgermeister«, liest der Bürgermeister auf dem Flur, »wie ihnen bekannt ist, gelten meine Bronzefunde aus dem Hügelgrab des bereits eingeebneten Kröll – Schmied-Kogels von Kleinklein nach wissenschaftlich kompetenter Ansicht als das vollständigste Inventar eines Fürstengrabes der Sulmtalnekropole aus dem 7. Jahrhundert vor Christus. Der Inhalt, Panzer, Doppelkammhelm, Schwert, 6 Lanzen, Bronzemasken, Bronzehände, 4 Kessel, Bronzegefäße, Keramik u. a. kennzeichnet den in diesem Tumulus (Grabhügel) Bestatteten als einen ›Herren vom Burgstallkogel im Sulmtal‹. Die Reste von über tausend Hügelgräbern (!), die an den Hängen des 460 m hohen Burgstallkogels gefunden wurden und leider im Laufe des

letzten Jahrtausends im Zuge der Kultivierung des Gebietes größtenteils zerstört und eingeebnet worden sind, weisen darauf hin, daß die zugehörige Siedlung bis zur Spitze der Hügelkuppe reichte. Aufgrund meiner archäologischen Forschungen muß ich annehmen, daß auf der Spitze dieses Kogels ein Heiligtum oder zumindest Überreste eines Heiligtums gefunden werden könnten. Nach jahrelangen Bemühungen ist es mir gelungen, Erlaubnis für Grabungsarbeiten zu erhalten, und ich ersuche Sie um Unterstützung meiner wissenschaftlichen Arbeit, wenn ich mit Beginn des Frühjahres mein Unternehmen beginnen werde. Wie Sie wissen, steht die Bevölkerung Grabungsarbeiten argwöhnisch gegenüber. Jeder, auf dessen Grund man mit einer Schaufel erscheint, wähnt sich augenblicklich in einem bislang unbekannten Besitz eines Schatzes, den er sich in Millionenhöhe vorstellt. Die Folge davon ist, daß ich bei meiner Tätigkeit mit Schwierigkeiten größten Ausmaßes zu kämpfen habe. Es ist ohnedies Mühsal genug, nach einem Heiligtum zu graben, von dem man nur äußerst vage Hinweise besitzt, noch schwieriger erweist sich jedoch eine solche Unternehmung, wenn man von der Bevölkerung mit falschen Hinweisen wissentlich getäuscht wird oder auf eine Mauer des Schweigens stößt.«

50. Bei Einbruch der Dunkelheit, angeregt durch Geräusche wie Geraschel und Krachen aus Wänden und Böden, hat der Landarzt sich daran gemacht, das Haus zu untersuchen. Auf dem Dachboden findet er fremde Katzen, er entdeckt die Gänge eines Iltis, sieht fliehende Ratten, (die zunächst auf dem Balken sitzen, bevor sie verschwinden), in der Küche Mäuse und Spinnen. Das ganze Gebäude ist mit einem Ge-

fäßsystem zu vergleichen, in dessen Gängen und Ritzen Tiere hausen und sich verstecken. Im Winter aber (durch Aschers Anwesenheit und da das Haus geheizt ist) erwachen sie aus tiefem Schlaf, kratzen, nagen und huschen durch Gemäuer und Holz und nehmen das Haus in Besitz, in welchem sich der Doktor nun vorkommt wie ein Eindringling (oder ein Tier, das sich in einen fremden Bau geflüchtet hat und feststellen muß, daß er diesen mit anderen teilt).

Nacht

Die rote Madonna auf dem Orchestrion des Heimatmuseums, schauerlich restauriert vom Bestatter, spricht in die Dunkelheit: muh, muh. Ihr Herz ist aus gefaltetem Papier, das gelbe Kind im Arm singt lautlos phosphoriszierende Noten, die sich in Luft auflösen, wie Wolkengebilde. Der Briefträger aber in herbstlichem Heidekraut sieht seinen Doppelgänger mit dicken Brillengläsern auf einem Pfau reiten. Schwerfällig erhebt sich der Pfau unter dem gewaltigen Rauschen seiner Flügel, erhebt sich, steigt und wirft den Doppelgänger, der nun der Träumer selbst ist, auf die tief unter ihnen liegende Erde ab (eine schachbrettartig in Felder eingeteilte Ebene, die von Flüssen und Straßen wie von Linien durchzogen ist). Unaufhörlich stürzt der Briefträger in die trotz des rasenden Sturzes nie näherkommende Landschaft

In einem Garten mit riesigen Pflanzen sitzt Josefine und blickt auf Salatköpfe, groß wie Dschungelbäume, Tomaten, die Heliumballonen gleichen, und Karfiol, der sich wie eine grünumkränzte Mondlandschaft vor ihr ausbreitet.

Da kriecht der Entmündigte in das lehmige Wasser des Karpfenteiches, Flossen schießen aus seinem Körper, ein Schuppenkleid ist seine Haut, Wasserkäfer und Kröten sinken in die schlammige Tiefe, aus der (zu seinem Entsetzen) das Grunzen von Schweinen zu hören ist

Die Träume von Vögeln (das ist den wenigsten bekannt) unterscheiden sich kaum vom Leben der Menschen.

Die erste Elster: Die Wiesen sind voll von Blumen und leuchten bestäubt vom Lichtpuder des Sommers.

Die zweite Elster: Und der alte Mautner mit Spinnen im Haar und einem Gemurmel auf den Lippen, das klingt wie ein Fluchen, pißt in den blattschwarzen Holunderbusch vor dem Haus der Witwe Oswald.

Der Bürgermeister muß im Hühnerstall ein Ei legen, ein großes, gewaltiges Ei, kaum, daß er in der Lage sein wird, es auszubrüten, aber er muß sich in acht nehmen vor dem Zirkusdirektor, der nur darauf wartet, es unter sein Zelt zu schleppen und mit einem Hammer aufzuschlagen

Kinder mit Tubas, Tschinellen und Trommeln begleiten den jüngeren der Brüder, die beide das gleiche Mädchen lieben, zur Kaserne. Auf dem Kopf tragen sie die zu großen Hüte der Väter (mit Blumensträußen geschmückt), in der freien Hand oder auf den Rücken gebunden: silberne Milchkannen, Vogelkäfige, Weinfässer, Pendeluhren. Sie quaken wie Frösche (in ihren Trachtenanzügen) und duften nach Weihrauch

Und Dominik der Bestatter? Träumt vom Museum, in dem aus einer ägyptischen Mumie ein Schwarm Nachtfalter strömt, während seine vogelbeerenessenden Gehilfen versuchen, ihn zu bestehlen. Kaum, daß er einen überrascht, wie er eine Geige unter dem Rock verschwinden läßt, entdeckt er einen anderen, der einen gläsernen Briefbeschwerer in die Hosentasche steckt

Wach ist der Jäger … Schläft er jemals? Sucht er im Schutz der Nacht die Spuren des Schneehasen, des Fuchses und des Baummarders? Oder träumt er nur, daß er wach ist, um nicht tiefer im Schlaf zu versinken?

Mit einem Sonnenschirm in der Hand steigt die alte Frau in

flimmernder Hitze auf den Weinberg, gefolgt von Chinesen, die ein sprechendes Nashorn mit sich führen, aus dem Blut in Form von flüssigem Gold rinnt. »Trink«, rufen die Chinesen, »trink ...«

In einer gelben Schaubude sieht sich zur selben Zeit der Lehrer Stroh fressen und auf einer Tafel mit Kreide Antworten auf die Fragen von lärmenden Inspektoren schreiben, die bis zur Decke des Raumes hocken. Schon will er aufbegehren, schon bilden sich Worte in seinem Kopf. »Obwohl Sie mich hier Büschel von Stroh fressen sehen«, will er sagen, »als sei ich es gewohnt, bin ich doch, wie Sie an meinem Äußeren werden feststellen können, ein menschliches Wesen ...«, da hört er zu seinem Entsetzen nur blökende Laute aus seinem Mund

Und die Gärtnerin wandert im Frühling durch ein Beet voll pulsierender Menschenherzen, die sich pfauchend zusammenziehen und beim Aufblasen Blüten ausspeien, aus welchen sich samtige Wolken bilden, hoch am kapellenblauen Himmel, und ein Wind weht marmorne Denkmäler über die Äcker

H., jedoch im Wald findet sich über einen Menschen gebeugt, der mit einem Schlag zu einer hölzernen Puppe ohne Gesicht und Kleidung wird. Es ist eine mechanische Puppe, das kann er aus den Surrgeräuschen schließen, gleichzeitig aber fällt ihm auf, daß dieses Surren sich vervielfacht hat, und im nächsten Augenblick sieht er sich einer Landschaft gegenüber aus mechanischen Gräsern und Bäumen und Farnen, die unter einem jämmerlichen Quietschen, Rattern und Stampfen an ihm vorbeigezogen wird, wie eine endlos lange Theaterkulisse

Was aber träumt ein Chinese fern von seinem Land, in

dem es keine Chinesen gibt? Wir sehen ihn vor einem Dämon aus Elfenbein stehen, der eine Uhr in Form einer Nonne erbricht ... wer vermag diesen Traum wohl zu deuten?

Und was träumt das hundertsiebenjährige Gehirn des Generals? (Träumt es von Schlachten? Von Hingerichteten?) Hoch oben sieht der General sich auf der Kuppel eines riesigen Domes aus dem Pinsel eines Malers fließen, der auf einem Gerüst unter ihr liegt. Noch weiß er nicht, welche Gestalt er annehmen wird, doch um sich erkennt er funkelndes Gestirn und goldene Engelsflügel ...

Der Bergmann aber heizt eine Dampflokomotive mit schweren Kohlenbrocken, und nun, auf schnurgeraden Schienensträngen dahinrüttelnd, fühlt er, wie er in den Eingeweiden des eisernen Ungeheuers auf den Magnetkern der Erde zurast durch einen Tunnel aus schmelzenden Gesteinsschichten

Wer aber beschreibt das Erstaunen von Stölzl, dem Erfrorenen, der sich durchs taghelle Dorf gehen sieht, als Kind. Die Häuser sind mit Maiskolben geschmückt. Auf den Dächern sind aus Kornpflanzen geflochtene Kränze befestigt, an denen Aprikosen, Birnen und Pfirsiche hängen. Kürbisse liegen in den Fenstern, vor der Kirche steht eine Krone aus Weizengarben, umwickelt mit bunten Bändern, die Bündel von Äpfeln, Zwetschgen und Kirschen zusammenhalten. Es duftet nach Früchten und Wurzeln, Zöpfe von Zwiebeln und Knoblauch hängen an den Stalltüren. Singende Menschen strömen aus der Kirche, eine geschlachtete Kuh mit Blumen geschmückt auf einer Trage mit sich führend. Die Träger sind in rote Ministrantengewänder gekleidet und haben Blumen im Haar. Jetzt erkennt Stölzl, daß auch er mit Fasanenfedern, Mohn und Kornblumen geschmückt ist und die Sonne am Himmel immer größer wird

Ist es Rauch, der den Himmel bedeckt? Schweiß steht dem Feuerwehrhauptmann auf der Stirn. Er will das Dorf warnen, kann sich jedoch nicht bewegen. Auch bringt er keinen Laut über die Lippen. Die Rauchschwaden kommen rasch näher, begleitet von einem noch nie gehörten Summen, und nun, die Hand schützend über die Augen haltend, erkennt er, daß es ein Schwarm von Heuschrecken ist, der den Himmel verdunkelt und sich langsam auf die Felder senkt

Über dem Zimmer, in dem die Sonntagsorganistin aufgebahrt ist, umarmt die Schwester der Toten den fremden Mann. Weich ist seine weiße Haut, heftig zieht sie seinen Körper an sich. Der Landstreicher aber küßt sie mit der Wut, die aus allen Erniedrigungen seines Lebens kommt.

Indessen sieht der Zirkusdirektor, wie ihm sein eigenes Leben vorgespielt wird. Zwar fallen keine Worte, dennoch ist es ihm, als ob gesungen würde. Er hockt in der Manege und sieht sich vor dem Löwenkäfig die Peitsche schwingen, seine Frau zersägen, der Pythonschlange die Haut abziehen und endlich im vollbesetzten Zelt als Sultan verkleidet wahrsagen. Doch ist es kein wohlüberlegtes Handeln wie sonst, niemand hat ihm etwas über das Leben eines Anwesenden verraten, eine Stimme spricht aus ihm, drängt darauf, gehört zu werden. Er versteht nicht einmal selbst, was er spricht und ist auch nicht Herr über sein Sprechen, aber ein höhnisches Gelächter verrät ihm, daß er den Verstand verloren hat, und jetzt, von seinem Stuhl aus, sieht er die lachenden Fratzen der Zuschauer vor seinen Augen

Der Sohn des Bienenzüchters findet sich unterdessen – er kann sich nicht erklären warum – in einer verlassenen Stadt wieder. Weder begegnet er einem Menschen, noch einem Fahrzeug oder Tier. Die Häuser der Stadt sind alt und grün gestrichen, der Regen ist so heftig, daß er nicht wagt, den schützenden Hausflur zu verlassen. Da entdeckt er auf dem Steinboden einen Handschuh, den er beiläufig aufhebt. Gleich darauf werden die Finger der Handschuhe zu Schlangen, die entfliehen

Auf einem großen Markt findet sich die Pfarrersköchin wieder. Büschel von Vergißmeinnicht und Flieder quellen aus Holztrögen, Vögel flattern an Schnüren in der Luft (wie Papierdrachen), auf einem großen Tisch ein Haufen Fasanenköpfe, Gliedmaßen von Hasen, Rehböcken und Wildkatzen.

Der Gendarm Oskar aber wacht vor dem gelben Bahnhofsgebäude in Pölfing-Brunn und schaut auf die alte Uhr, die schon seit Menschengedenken stehengeblieben ist. Da entdeckt er hinter einem der Fenster einen nackten Mann mit einer Schußwunde über dem Herzen. Es ist ein fremder Mensch mit den blonden Haaren eines Norwegers. Vorsichtig mit gezogener Waffe nähert sich Oskar,

So liest der Pfarrer die Messe: einen Fuchspelz um den Hals gelegt, eine Hahnenfeder am Barett. Im Tabernakel hält er ein sprechendes Huhn versteckt, das lateinische Kirchenlieder singt und von den Dorfbewohnern für den heiligen Geist gehalten wird. »In nomine patris et filii et spiritus sancti«, gackert das Huhn. »Amen«, antwortet der Pfarrer.

In elysischen Gefilden wandelt der Totengräber. Ein feines Musizieren der Pflanzen und Steine, der Bäume und Blumen, des Wassers und der Luft betäubt seine Sinne, unendlich fern ist der Horizont, das Gezwitscher von Vögeln hüllt

ihn ein. Wohlig legt er sich in gelben Sand, in der Ferne singt
ein Klatschmohnfeld: Bruder, wandernder Geselle, lausche
den Züngelchen der Gräser, dem Wispern der Veilchen, verströme, verströme ... laut wie Alpenkuhglocken läuten
Weintrauben
Der Gehilfe des Leichenbestatters aber träumt, daß man ihn
zum Schlachten führt. Auf allen Vieren wird er aus der
Kammer gezogen und die Treppe hinuntergeschleift, blut-
rünstige Hunde umhecheln ihn. Im Hof das Geschrei der
Ortsbewohner, er hört die erschlagenen Mäuse in den Mau-
sefallen beten, die vergifteten Ratten, die zerschmetterten
Maulwürfe, die Fliegen an den Fliegenfängern, die zertrete-
nen Spinnen und Käfer, die in Zuckerwasser ertrunkenen
Wespen ... schon zieht man ihn ins Freie, das von schmel-
zendem Schnee bedeckt ist, schon stürzt man sich auf ihn
und drückt ihn in eine Pfütze, schon schneidet man seine
Gurgel durch, ein letztes Erstaunen, eine letzte Verwunderung ... sodann wirft man ihn in einen Bottich mit heißem
Wasser, zuletzt auf einen Schragen, wo man ihn köpft und
seinen Bauch öffnet ... schreiend springt der Gehilfe aus
dem Bett
Wie hat sich das Haus der Witwe Oswald verändert! Das
Schlafzimmer ist ein Vogelnest, in dem es nach Kamille und
Pfefferminz duftet. Sie bewohnt es mit einem Kuckuck, der
sie mit Würmern und Maiskörnern füttert. Dieser Kuckuck,
das ist gewiß, hat Macht über sie. Es ist ihr beispielsweise
nicht gestattet, das Nest zu verlassen, selbst jede ihrer Bewegungen wird argwöhnisch beobachtet. Jetzt erst fällt ihm
auf, daß der Vogel die Mütze eines Adjutanten und einen
Säbel um den Bauch trägt. Ansonsten aber – das ist das
Verwunderliche – handelt es sich um einen ganz gewöhnli-

chen Kuckuck, der sich zumeist wenig um sie kümmert und in der Bibel liest. Es wäre noch hinzuzufügen, daß er eine Brille auf dem Schnabel trägt. Jetzt erkennt die Witwe Oswald den Religionslehrer ihrer Kindheit und erschrickt

Maria geht auf dem Himmel. Über ihr – anstelle des Himmels – wölbt sich die Erde mit Gebirgen, Gletschern und Wäldern, die in weiter Ferne verschwinden. Zwischen Wolkenhügeln und Lichtgewässern geht Maria und kann sich nicht sattsehen an der strahlenden Erde über ihr

Der Traum des Schlachtergesellen: Um nicht sterben zu müssen, hat er seine Seele in eine Katze verpflanzt, die er in einem Zimmer eingeschlossen hält. Zu seiner Überraschung erfährt er, daß auch die anderen Menschen ihre Seelen verpflanzt haben. Der Wirt in einen Baum, die Witwe Oswald in eine Heiligenfigur vor der Kirche, der Gendarm in die Baßtuba, die Gärtnerin in Blumensamen, der Bürgermeister in den Fischteich, die Köchin des Pfarrers in den Wetterhahn, der alte Mautner in einen Ameisenhaufen ... würde er also den Baum fällen, die Heiligenfigur stürzen, die Baßtuba zerschmettern, den Blumensamen verstreuen, den Fischteich auslassen, den Wetterhahn vom Dach nehmen, den Ameisenhaufen zerstören, so würden der Kirchenwirt, die Witwe Oswald, der Gendarm, die Gärtnerin, der Bürgermeister, die Köchin des Pfarrers und der alte Mautner augenblicklich sterben ... nur der Pfarrer hat seine Seele in die Sonne verpflanzt und muß ewig leben. Schweißgebadet und in Angst um seine Katze erwacht der Schlachtergeselle

Der Witwer Ranz sitzt vor seiner Kuh im Stall und wartet darauf, daß sie kalbt. Es ist eine gescheckte Kuh mit sechs Beinen ...

In einem Zimmer aus Löwenzahn schläft Ludmilla, weicher, gelber Löwenzahn. Ludmilla schlüpft in samtig sanfte Kelche ... schlüpft schlafend mit Flügelgesumm in butterweiche gelbe Blütenkissen.

Der alte Mautner sieht die Erde vor Millionen von Jahren ... pulsierende Vulkane speien Feuer, unendliche Stille ist um ihn. Nur das zähe Knirschen der Gebirge ist (später) zu hören, in deren Mulden riesige, tropische Sumpfwälder wuchern. Gelegentlich kriechen Salamander durch den Sumpf, die roten Vulkane dampfen im Grün wie Schiffe in weiten Gewässern. Insekten flirren, schmatzend und rauschend zieht sich das Meer zurück in tiefe Täler und läßt Korallen, Krebse, Seeigel und Haie, Meeresschildkröten, Robben, Wale und Seekühe zurück (vor den erstaunten Augen des alten Mautner). Dann plötzlich stößt Eis vor, donnerndes, krachendes Eis aus dem Norden und überflutet die Landschaft für eine Ewigkeit, bis die Sonne wieder die Erde mit ihrem Feuer erwärmt, die Gletscher schmelzen, und der Wald das freier werdende Land zurückerobert. Da erblickt der alte Mautner (mit staunenden Augen) einen See, aus dem Menschen mit Tintenfischköpfen steigen – seine Vorfahren

Der Lehrling S. speit in eine Waschschüssel neben seinem Bett. Er ist davon überzeugt, daß er sterben muß. Ein Wirbelwind hat das Haus erfaßt und schleudert es herum, wirft ihn zur Decke, läßt die Möbel an den Wänden zersplittern, und das Haus schließlich so rasend um die eigene Achse drehen, als sei es in einen mächtigen Sog geraten ...

Louise schiebt einen schwarzen Kinderwagen durch die Dorfstraße, die mit lehmigen Pfützen bedeckt ist. Neben ihr zwei schweigende Kinder in langen Mänteln. Welches Kind liegt im Wagen, und weshalb schiebt sie den Kinderwagen durch das Dorf? – Als sie anhält, springt ein Liliputaner vom

Zirkus (als Matrose verkleidet) heraus und zeigt ihr sein schwellendes Glied. Augenblicklich bedrängt er sie und zieht sie schließlich in einen dunklen Flur. Noch nie hat Louise ein so großes Glied gesehen, wie das des Liliputaners, der sich, kaum daß sich die Haustür hinter ihnen geschlossen hat, mit ihr vereinigen will. Und jetzt, in der Dunkelheit, fühlt Louise plötzlich alle Wollust, die ihr bisher versagt blieb oder die sie sich selbst verbat. Ihre Erregung ist so stark, daß sie gleichzeitig Übelkeit fühlt, während der Liliputaner schon in sie eingedrungen ist und sich an sie klammert, so daß sie aussehen wie Frösche

Gerade hat der Bäcker das Bett verlassen und blickt durch die Fensterscheibe auf den Schnee, der in die Nacht fällt. Fröstelnd greift er nach seinen Kleidern, deren Kälte ihn schmerzt. Aus dem Backraum auf der anderen Seite des Hofes hört er die dröhnenden Motoren der Brotmaschinen, im gelben Licht sieht er den von Mehl weißen Gehilfen aus einem Glaskrug Bier trinken. Mit einem Male erinnert er sich daran, daß man ihm gestern die Nase gebrochen hat, und er befühlt vorsichtig das Stück Mull, das mit einem Leukoplaststreifen befestigt ist. Getrocknetes Blut bröselt auf seine Hand, und er fühlt, daß nicht nur seine Nase, sondern auch seine Lippe geschwollen ist. (Wie ein Leibeigener, der einem ihm fremden Herren dient, wankt er zur Arbeit.)

Juliane ist plötzlich einer ihrer Truthähne, welche sie mit Nüssen schoppt. Mit beiden Beinen ist sie am Boden angenagelt, so daß sie nicht fortlaufen kann. Ein Verwesungsgeruch weht von einem Holzbock in der Ecke, neben dem eine Hacke liegt. Da schließen sich zwei riesige Knie um ihren Kopf, und eine Hand zieht ihr den Hals lang, eine andere öffnet ihren Mund. Und nun muß sie Nüsse schlucken, auch wenn sie daran zu ersticken droht.

Die gelbe Tür geht auf, träumt die Greisin, und sechs Soldaten schleppen ihren Sohn, dem das Blut über das Gesicht läuft, die Treppen hinunter, halten an, kehren über die Treppe zurück in das Gasthaus, in dem ihm ein anderer Soldat ein Messer in den Rücken gestochen hat, stoßen dort wiederum die Tür auf und tragen den Soldaten neuerlich über die Stiege. Ohne einen Klagelaut von sich zu geben verdreht der Verwundete die Augen. Hinter ihnen laufen die Hühner her, um das Blut vom Boden aufzupicken. Kaum hat der hastige Zug die Straße erreicht, als er abermals kehrtmacht und in das Haus zurücktaumelt. Polternd öffnet er die Tür, arbeitet sich mit Ellbogenstößen und scharrenden Stiefeln in den Flur, um sogleich wieder ins Freie hinauszuwanken. Dort beschreibt er einen Kreis, der ihn auf kürzestem Weg wieder zu den Stiegen führt, welche er rasch erklimmt, worauf er im Gasthaus verschwindet. Hinterher läuft sie (die Greisin) und schreit vor Entsetzen

Die alte Resch liegt wach und starrt die Decke an. Sie fühlt den unregelmäßigen Schlag ihres Herzens und will an etwas Schönes denken, aber woran? Auf einem Kahn fährt sie, eine Pfingstrose am Kleid, als Wallfahrerin über den Tovelsee. Vorne auf dem Schiff, das mit Blumenkränzen verziert ist, weht eine bestickte Fahne mit der heiligen Jungfrau, der Pfarrer hält die goldene Monstranz gegen die Sonne, in seinem Meßgewand gleicht er einem göttlichen Fisch. Ihr Bruder im Hochzeitsanzug sitzt in tiefem Ernst mit den Männern in einem anderen Kahn, da beginnt es plötzlich in Strömen zu regnen, es ist jedoch kein gewöhnlicher Regen, sondern Blut, das vom Himmel fällt. Die weißgekleideten

Mädchen mit Kränzen im Haar sind im Nu vom Blut besudelt, ebenso die Frauen. Die Männer in den schwarzen Anzügen sehen aus wie Mörder, die Frauen und Kinder wie ihre Opfer. Schon füllen sich die Kähne mit Blut, schon ist das Meßgewand des Priesters von Blut durchtränkt

Der Tischler lebt in einem Dorf, in dem es nur Brüder und Schwestern gibt. Da sich diese Brüder und natürlich auch deren Schwestern alle auf eine Weise ähnlich sind, daß man sie nur an kleinen Äußerlichkeiten unterscheiden kann, und da auch ihre Charaktere vollkommen gleichartig sind, ist der Tischler in eine fortwährende Verwechslungsgeschichte verwickelt. Von wem muß er das entlehnte Werkzeug zurückverlangen? Wer schuldet ihm Geld? Wer hat ihm das Fenster eingeworfen? Es ist völlig sinnlos, jemanden überraschen zu wollen, da ja alle gleich aussehen und, was die Sache noch verschlimmert, im selben Gebäude wohnen, einem riesigen Vierkanthof, der einer Kaserne ähnelt. Noch niemals ist es dem Tischler gelungen, den Richtigen zu sprechen. Entweder blickt man ihn nur erstaunt an oder lacht ihn aus. Die Frauen andererseits sind alle (was man wegen der besonderen Lage leicht verstehen wird) zudringlich. Da aber dem Tischler keine gefällt (denn entweder müßte ihm jede anziehend erscheinen oder es kann ihm keine gefallen), scheut er sich, ihnen zu begegnen. Trotzdem läuft er durch das Dorf zum Kaufmann oder Pfarrer. Jetzt werden von allen Seiten Anspielungen gemacht. Die Belästigungen und Zudringlichkeiten nehmen kein Ende. Man zerrt an seinen Kleidern, versucht, ihm ein Bein zu stellen, zeigt mit dem Finger auf ihn und fragt ihn fortlaufend, wann er endlich zu heiraten gedenkt

Gustav hingegen hat eine neue Fähigkeit an sich entdeckt:

Anstelle von Kot scheidet er Vögel, Pflanzen, ja sogar Fische aus. Jeden Tag wartet er gespannt darauf, was er, nachdem er seinen Stuhl verrichtet hat, in dem Kübel, den er zu diesem Zweck verwendet, vorfinden wird. Einmal schwirrt ein Schwarm Sperlinge in die Luft, dann wiederum zappelt ein Karpfen unter ihm, ein anderes Mal ist es eine Kröte, die ihn anstarrt. Schließlich kommen ganze Landschaften, Flüsse, Hügel, Wälder, Gärten, Rinder zum Vorschein, ohne daß es ihn die geringste Anstrengung gekostet hat.

Und Schauer sieht sich in einer stillgelegten Bahnstation als Vergessenen. Weder kommt ein Zug vorbei, noch läßt sich jemand blicken. In der Schreibstube hängt das Bild der Kaiserin Maria Theresia, Weinlaub wuchert auf dem Gebäude. Es ist noch hinzuzufügen, daß auch kein Schienenstrang mehr an der Bahnhofstation vorbeiführt, weil man das Eisen für den Krieg benötigte. Im Wartesaal aber steht das riesige Skelett einer Ratte, die in ihrer Größe an einen Saurier erinnert. Da Schauer auch als Tierpräparator tätig ist, hat der Bahnhof mit seinen ausgestopften Krähen, Raben, Ochsen, Katzen, Hunden, Igeln, Iltissen, Mardern und dergleichen das Aussehen eines naturwissenschaftlichen Museums. Allerdings läßt sich kein Besucher blicken. Nur manchmal tickt der Morseapparat eine unverständliche Botschaft, die nicht an den Bahnhofsvorstand gerichtet ist, sondern irrtümlich an ihn weitergeleitet wurde und möglicherweise in einer fremden Sprache abgefaßt ist, woraus Schauer schließt, daß der Krieg verloren und das Land von einer fremden Macht besetzt ist

Der andere der beiden Brüder, die in dasselbe Mädchen verliebt sind, steht mit einem Regenschirm in einem blühenden Sonnenblumenfeld ...

Elch öffnet einen Musterkoffer mit »Haaröl-Brillant«, von dem er vier verschiedene Sorten mit sich führt: Chypre, Juchten, Veilchen, Rose. Es sind wunderbare Gerüche, die seine Nasengänge hochsteigen. Nachdem er den Koffer geschlossen hat, betritt er einen Friseursalon auf dem Lande, der an Trostlosigkeit nicht zu überbieten ist. Abgesehen davon, daß es nur einen einzigen Frisierstuhl gibt, blättert der Spiegel ab. Eine Zeitung liegt auf dem Fußboden, niemand scheint hier zu sein, jedoch spielt ein Radio. Da entdeckt Elch den »englischen Offizier« mit durchgeschnittener Kehle und schaumbedecktem Gesicht auf dem Fußboden. Als er an ihm rüttelt, löst sich der Kopf vom Rumpf und rollt, sich in einen Salatkopf verwandelnd, auf die Straße. Gleichzeitig bimmelt die Ladenklingel

Wo befindet sich der Landarzt? Er will sich die Augen reiben, aber er kann es nicht. In den Betten um ihn herum erkennt er Gestalten mit idiotischen Zügen und rasierten Schädeln. Manche von ihnen starren zur Decke, andere betrachten ihre Hände, wieder andere grimassieren mit stumpfsinnigen Blicken. Nun bemerkt der Landarzt, daß auch sein Kopf rasiert ist, und als nächstes stellt er fest, daß er in einer Zwangsjacke steckt

Der Schneider träumt von einem Picknick mit seiner Frau und der Sonntagsorganistin. Es muß in größter Eile gegessen werden, weil das Tischtuch mit einem Muster, das Ameisen darstellt, bestickt ist und dieses – anders ist es nicht erklärbar, daß die Mehlspeisen und Fleischstücke sich bewegen und immer kleiner werden – sich an den Speisen gütlich tut.

Und L. sitzt in einer Wiese als Biene und zählt Staubgefäße in Blumenkelchen. Da stapft ein Mensch heran, mit riesigen

Schuhen, die die Erde zum Zittern bringen. Riesig ist der Mensch, der an ihm vorbeistapft

Der Vertreter, der sich als englischer Offizier verkleidet hat, liegt neben dem Gänsestall und krümmt sich vor Schmerzen. Er ist mit einem Bein in ein Fuchseisen geraten, als er versuchte, in den Stall einzudringen, um eine der Gänse zu stehlen. Entschlossen holt er sein Messer aus der Tasche und trennt sich das Bein ab, das sich augenblicklich in einen Fuchs verwandelt, der wiederum über den Hof flüchtet.

Und Kolomann sieht sich in der Auslage des Kaufhauses tanzen. Ein Zirkusartist begleitet ihn auf der Klarinette, ein anderer schüttet einen Kübel Wasser über ihn. Es ist ein fröhliches Fest, die Kameradschaftsbündler tragen ihre klimpernden Orden. Doch als Kolomann genauer schaut, sind es alle Toten seines Lebens. Nicht nur seinen Vater sieht er wieder, auch seine sechs verstorbenen Brüder und seine Frau. Er sieht seine zwölf Tanten, seine sieben Onkel, seine Freunde und Feinde und die Sonntagsorganistin. Die Haare der Männer sind mit Wasser gekämmt, die Frauen haben onduliertes Haar und goldene Ohrringe und können Gedanken lesen. Was Kolomann, der nicht aufhört zu tanzen, am meisten erstaunt, ist ihre Heiterkeit. Nun kommt ein Hündchen auf den Hinterbeinen, es trägt einen weißen Papierhut – und beginnt mit ihm zu tanzen. »Kennst du mich nicht wieder?« fragt das Hündchen, »ich bin Irma, Deine Großmutter.«

S., der Landwirt, das Testament unter dem Kopfkissen, träumt, daß er sein Gebiß sucht. Weder findet er es in einer Kaffeeschale, noch in einem Glas, so daß er gezwungen ist, an den Sarg der Sonntagsorganistin zu treten und das ihre zu nehmen. Dieses Gebiß ist zu seiner Überraschung nicht zu klein, sondern zu groß und beginnt, kaum daß er es festgemacht hat, zu sprechen. Voller Verwunderung hört er die Lebensgeschichte der Toten, die, das erfährt er jetzt, ihn gehaßt hat

Karl aber sieht seine Frau in den Armen des Bäckers. Obwohl er wild um sich schlägt, ist er machtlos. Vor seinen Augen entkleidet sie sich, um sich dem anderen Mann hinzugeben. Da stürzt Karl aus dem Zimmer und reißt das Gewehr aus dem Schrank. Gerade als der Bäcker sich die Hose hinaufzieht, erschießt er ihn von hinten.

Und Josef der Mesner. Noch nie hat er ein Morgenlicht von solch himmlischer Farbe in sein Zimmer fallen gesehen. Erstaunt blickt er auf und sieht einen Paradiesvogel auf seinem Kasten, der ihn auffordert, mit ihm zu fliegen. Und sofort fliegt Josef der Mesner in seinem Zimmer herum, als sei es die selbstverständlichste Sache der Welt. Aber auf einen Wink des Paradiesvogels stürzt er wie ein Stein zu Boden unter dem höhnischen Gelächter der Dorfbewohner, die durch das Fenster starren.

»Muh, muh«, ruft die rote Madonna auf dem Orchestrion des Heimatmuseums, »wer melkt meine Milch.«

Gerhard Roth

die autobiographie des albert einstein
Kurzromane
Fischer Taschenbuch Bd. 5070

Circus Saluti
Erzählung
Collection S. Fischer
Fischer Taschenbuch Bd. 2321

Der große Horizont
Roman
Fischer Taschenbuch Bd. 2082

Lichtenberg; Sehnsucht; Dämmerung
Stücke
Fischer Taschenbuch Bd. 7068

Menschen Bilder Marionetten
Prosa, Kurzromane, Stücke
453 Seiten, Leinen 1979

Ein neuer Morgen
Roman
161 Seiten, Leinen 1979
und Fischer Taschenbuch Bd. 2107

S. Fischer Verlag
Fischer Taschenbuch Verlag

Gerhard Roth

Schöne Bilder beim Trabrennen
Fischer Taschenbuch Bd. 5400

Der Stille Ozean
Roman
247 Seiten, Leinen 1980
und Fischer Taschenbuch Bd. 5413

Winterreise
Roman
192 Seiten, Leinen 1978
und Fischer Taschenbuch Bd. 2094

Gleichzeitig mit der ›Dorfchronik‹
ist erschienen:

Landläufiger Tod
796 Seiten, Leinen,
mit 11 Illustrationen von Günter Brus

S. Fischer Verlag
Fischer Taschenbuch Verlag